谢六逸 全集

谢六逸 著
刘泽海 主编

十九

贵州出版集团
贵州人民出版社

报刊文章（四）

目 录

001　　清　闲
003　　良宽和尚
007　　文房四宝
010　　新人与新文艺
013　　报章文学
015　　随笔：奇闻
017　　复旦大学新闻学系概况
026　　爆　竹
028　　家
033　　二十四年我的爱读书
034　　日本的杂志
040　　静夜感想
043　　民众之组织训练与指导
045　　所谓晴耕雨读

046	义士记
048	日本明治维新之研究
064	《立报·言林》开场白
065	蝾螺
066	社中偶记(一)
067	社中偶记(二)
069	社中偶记(三)
070	忆戈公振氏
072	文墨余谈:因为戈公振的逝世
073	文墨余谈:目前坊间出版的书籍
075	作家语录
076	托尔斯泰逝世二十五年
077	寓言
078	诗一首:一个阿斗亡蜀汉
079	也是诗一首
080	诗一首:要干尽管出头干
081	爱国无罪
082	水龙吟
083	"请愿"归来
084	"盘肠大战"
086	有不为斋夜谈记
088	谈"本位文化"

090	谈"敲锣鼓"
092	墨晶眼镜
093	"开学"之后
095	"非常时"的文艺作家
097	丙子感作
098	忧　国
099	"存文"与"讲学"
101	后方粮台
102	夹板斋随笔(一):芳邻的武士
103	夹板斋随笔(二):芳邻的浪人
105	夹板斋随笔(三):试谈性爱
107	夹板斋随笔(四):狗熊
108	夹板斋随笔(五):春寒
109	夹板斋随笔(六):间谍
111	夹板斋随笔(七):杂志短命年
112	夹板斋随笔(八):丑角
114	有见闻斋笔谈
115	夹板斋随笔(九):小型文艺
117	夹板斋随笔(十):谈鬼
119	释"编"
121	夹板斋随笔(十一):赞美警察
124	夹板斋随笔(十二):儿童节

126	春　晨
128	夹板斋随笔(十三):医生
131	夹板斋随笔(十四):辞典
133	船　笛
134	追悼"五四运动"
136	又弱一个
137	国　号
138	外　交
139	救济大学生
140	书　业
141	祭
142	时事吟
144	读史随笔
145	答玉藻信
146	黄霉时节
147	夏夜漫笔
149	夏夜漫笔(二)
151	夏夜漫笔(三)
153	夏夜漫笔(四):介绍菊池宽
156	夏夜漫笔(五):介绍长谷川如是闲
159	感时偶占
160	夏夜漫笔(六)

161	夏夜漫笔(七)
163	夏夜漫笔(八)
165	昆　虫
166	谈用字
167	再谈用字(一)
168	"熏,浸,刺,提"
169	放鸟记
170	再谈用字(二)
171	西　风
172	"漫文"
174	编辑者的态度
176	文墨余谈:读了曹聚仁兄的"笔下留情"
178	《言林》一周年
180	沪北行
181	雾
183	悼鲁迅先生
184	鲁迅的谐谑
187	挽鲁迅先生
188	反对绝食救国
190	新年谈文
192	如何消灭汉奸
194	编辑余墨

195	上海新闻记者为争取言论自由宣言
198	智勇双全
200	《世界报纸展览纪念刊》发刊辞
202	女明星登龙术
204	救亡是唯一的大道
205	要需切实的工作
210	出版界动员问题
212	时事集体讨论：我们应否对日宣战？ 宣战就是最好的国际宣传
214	救国公债
216	日本军阀的兽行
218	祝"女兵"
220	战时的新闻记载
222	忆虬江码头
225	创刊的话
228	今年的五一
229	棚户迁移
230	读　经
231	张冠李戴
233	青年自杀
234	东北大学学生请愿
235	"浮尸"正名

236	同文书院学生赴内地考察
237	美亚绸厂工人绝食
238	七君子案开审
240	赈灾游艺会被禁
241	虬江码头开业
243	希特勒的尊崇
244	邹敏初解京
245	日本外交官的血型
247	日人压迫我国留学生
248	国立大学联合招生
250	撤销租界电影戏曲检查权
251	宋哲元谢绝捐款
253	鲁迅纪念委员会成立
255	青年谈时事被捕
256	日军任意拘捕华人
257	光荣的牺牲
258	治安维持会
259	恐日病
260	平津各大学南迁
261	关于保卫大上海
263	报章文学琐谈
267	二十年来的中国文学

285　　我们要向苏联学习
286　　写作的根本问题
287　　现代通信事业之趋势
292　　大学国文的选材问题
295　　咏　史
297　　继华的性格
299　　垦　荒
316　　美国新闻史上一段佳话
327　　对于"剪衣队"的意见

332　　人名索引

清　闲

[日本] 芥川龙之介　作

乱山堆里结茅屋，已共红尘迹渐疏。
莫问野人生计事，窗前流水枕前书。

这是幼时奉命做汉诗时，常以之作为范本的李九龄的七绝。现在读这首诗，已不觉得它是什么名句，如从前童心所感佩的那般。我以为即使在乱山堆里结茅屋，也许藏着恩俸证书和银行存折吧。

不过李九龄在窗前流水与枕前书之间领略了悠悠的清闲，这一点是值得羡慕的。我辈为了糊口来卖文章，一年到头，只有忙迫的心绪。例如昨夜也写稿至深夜二时，好容易想爬上床去，忽然又被电报叫了起来，报馆的命令，叫我替星期附刊写随笔。

随笔是清闲的产物，至少，只是夸耀由清闲而来的一种文学形式。古来的文人虽多，还未曾有过不得清闲而能写出随笔的怪物。但在今人（这里的今人，是极狭义的，最多不过是1923年3月以后的今人），虽然不得清闲却迅速地写作随笔。其实并不是不想得清闲，倒是因为不得清闲之故，所以赶快涂写随笔。

现在的随笔有四种，或者不只此数。不过昨夜我只睡眠五小时，以现在的头脑，第一是述感慨，第二是录异闻，第三是作考证，第四是写艺术的小品。此四种随笔，没有 Reason title 的很少。感慨总是带着思想的；至于异闻，既然称为异闻，也一定是有兴味的东西；考证如果不借助于学问确难于着手；艺术的小品呢——艺术的小品更不用说。

这种随笔在多少没有一点清闲的日子，虽然不能说完全，至少也不是可以胡乱写得出来的。于是乎新的随笔便出现于文坛了。新随笔是什么？就是老实地随笔写去，也就是纯粹地瞎写。

如果怀疑我的话，古人的随笔姑且不谈，请先读《观潮楼偶记》或者《断肠亭杂稿》，其次再读每月出版的杂志所发表的大部分的随笔，比较一下就得了。于是后一种的孟浪杜撰也就可以了然了，但这些新随笔的作者未见得是庸愚之才的人物。

如以随笔为清闲的产物，则清闲为金钱的产物。所以在得到清闲之前，非先有金钱不行，或者非超越金钱之外不行。但无论在哪一方面都是绝望的。于是除了新的随笔以外，要想产生道地的随笔也只有绝望。

李九龄说过"莫问野人生计事"，但我论到随笔，论到清闲的产物的随笔，不能不论到"野人生计事"……

1923 年原作

原载《人间世》，1934 年第 3 期。署名：谢六逸　译

良宽和尚

西湖景色,我最爱九溪十八涧。今春重游,忽然想起那一带地方,总该有一二脱尽俗气的和尚,在那里结茅庵,消受自然的恩惠的;但纵目所至,并未见半点踪影。转念一想,这也难怪,山上的蕨薇吃光了时,伯夷、叔齐也难免要走下首阳。在现世要看看和尚,除非走进建有洋楼、形同旅舍的庙宇里去不可,再不然,就得到时轮金刚法会去瞻仰。有人说,湖畔的和尚俗恶势利,我却以为"非其罪也"。

这几年,和尚与尼姑已被视为不祥,不知为了什么原故。传闻有某教授者,星期日将赴友人家中打牌,行至中途忽然折回,人问其故,教授说,在路上遇见尼姑,如往打牌,必遭覆没。由此看来,凡作诗作文,应避免"出家""和尚"一类的辞句,然后可以不受非难。我这篇文章的题目已经写好了"良宽和尚",等于明知故犯。但我要声明,良宽和尚并非国产,那些主张"写小品文不如介绍海外文化"的人们,也许能见谅。我以为小品这种文体,如有人能以之打倒 Araki(荒木)Hayashi(林),固然很好,但用来谈谈良宽和尚之类,亦属不妨。

良宽(1758—1831)并非什么"高僧",只是一个托钵的和尚,日人称为"大愚良宽",足见有被骂为"马鹿"的资格的。当每年农忙时,良宽绘农人辛勤耕种之状,挂于壁上,长跽诵经。他作的短歌(三十一音)中有这样的一首:

Kono goro wa, sanae tourasli, wagaio wa,
Kata wo eni kaki, tamuke Kososure。

(农家分秧忙碌的时节,我将它绘成画幅,挂在庵里,顶礼膜拜。)

秋夜月色甚明,有一偷儿忽访良宽的草庵,见室内空空,无物可取。这时良宽假装入睡,身上盖有棉被一条,偷儿持棉被去,良宽寒甚,不能安眠,起坐见月色清朗,满照屋内,遂作了下面的俳句(十七音)。

Nusubi o ni, torin kosaresi, madonotsuki。

(偷儿留下的,窗上的月色。)

良宽喜与儿童嬉游,在托钵的途中,常与儿童拍球或捉迷藏。其所作汉诗中有云:

乞 食

十字街头乞食了 八幡宫边方徘徊

儿童相见共相语 去年痴僧今又来

斗　草

也与儿童斗百草 斗去斗来转风流
日暮寥寥人归后 一轮明月凌素秋

球

球里绣球值千金 谓言好手无等匹
个中意旨若相问 一二三四五六七

良宽生于日本越后出云崎的橘屋，现橘屋遗址，建有良宽堂，堂临海与佐渡岛遥峙。堂中有石碑，刻有良宽生前所作的短歌——

Inishieni, Kawaranumonowa, Arisomito,
Mukonimiuru, Sadonoshimarari。
（年年岁岁不变的，惟有这海和海那边的佐渡岛。）

良宽殁后葬于越后岛崎村的隆泉寺。墓旁植有樱花，春日落英缤纷，遍散墓上。殁前四五日，有短歌贻其弟子，——

Katamit te, Nani okosamu, haruwabana,
Natsu hototogisu, Akiwa mom jiba。

（死后无以赠君，惟有春日的花，夏日的子规鸟，秋日的红叶。）

良宽是一个寒山、拾得的崇拜者，看下列汉诗可知：

终日乞食罢　归来掩柴扉
炉烧带叶柴　静读寒山诗
西风吹夜雨　飒飒洒茅茨
时伸双脚卧　何思又何疑

最近沪报载，有某国人来华皈依佛门，法名照空者，欧战时曾为间谍，事之真伪，不可得知；但必为一希奇古怪的和尚。凡和尚须如良宽，然后才有在九溪十八涧结茅庵的缘分吧！

[民国]二十三年五月八日

原载《人间世》，1934 年第 5 期。署名：谢六逸

文房四宝

我的书桌上有一个古香古色的笔筒,这是 S 先生特意在宜兴给我买来的。它的形状好像半截切断的树根,表面上有朵云状的浮雕,可说精巧绝伦。这个笔筒是我书桌上的唯一的"小摆设",笔筒里面插着写大楷小楷的毛笔,钢笔也有两三支。若要尽量插入各式各样的写字笔,至少可以安置一百多管,因为它的直径足足有五寸,而且口径是不规则形的。

笔筒里还有两管自来水笔,一管是在日本读书时从丸善买来的,它伴随我已有十多年,笔尖的锋锐早被消蚀,现在只好当秃笔使用,盛墨水的胶管也掉换两次了。一管是在上海买的,笔尖微秃,写字时墨水过分流溢,我也不常用它。现在这两管自来水笔都陷于废弃的境遇,若非出门旅行,便不轻易携带它们。但是它们对于我,却有服役多年的劳绩。从前上课堂听讲时,若没有丸善的那一管笔,就无从把教师的演讲记在 Note 上。直到现在,我也未尝脱离"笔耕"的生活,有时写稿或编讲义受了催促,非开一下快车不可时,自来水笔确实是最便利的工具。

毛笔的缺点就是要随带墨盒一个或端砚一方，随身携带甚是笨重，天寒或炎暑也感到许多不便。现在大学里的学生很少见他们手携墨盒的，砚台更不用说了。他们上课没有一定的教室，往往第一小时在东角上某某院，下一小时又到西角的某某堂去了。校址宽广的，跑来跑去，至少也得费去十分钟，这时携带墨盒砚台是很不方便的。加上教室座位的椅子很窄狭，听讲时除了一本笔记簿之外，也没有安放墨盒砚台的余地。所以现在的大学生为作文时非用铅笔或自来水笔不成，前些时，看见报载国产文具商向政府请愿，叹息笔墨没有销路，尊重"国学"的先生们，也不免愤慨洋人的"文具侵略"了。

平心而论，我国的毛笔实在有它的优点。原来我国将书法看作一种艺术，隶草行楷、钟鼎甲骨，都得用毛笔书写，装池得堂皇精美，挂在墙上，在有闲时看看，觉得方块字又别有用途——就是补壁上的空白。再说宣传新生活时要用标语，并且务必写往墙上，此时无论如何非让毛笔专利不可。欧美人士写 Poster，也得使用毛笔同类的画笔。像我们墙上的标语，除非用巨大的帚笔，不易写好。如用自来水笔和钢笔，不特标语写不好，即使在粉墙上题诗一首，亦不方便。自来水笔的笔尖只有向下，然后墨水才能够流出，因此不能在墙上写标语或题诗句。我看见许多颜字体的标语写得真不错，这实在是毛笔的功劳。

前次到南京，看见几位穿中山装的友人，他们的左襟的口袋里，红红绿绿，插着两三支派克自来水笔，还有美国货活动铅笔。我就问,你们是否每天也要写上几千几万字吗?他们有的说,"不过写日记而已"。在我看来,签到簿和日记册还是用笔好啰!

在静夜写稿,用钢笔和外国纸,总不免有沙沙的声音刺激我们的神经,容易疲劳,毛笔写在中国纸上,声息全无,这也是一种好处。前在《论语》上看见丰子恺君说,夏天写稿要用柳条烧成的炭笔,可以免掉濡笔吮墨的麻烦。我看千万使不得,我们要替排字房里的职工想想,他们一双铅污的手,在炭笔写成的原稿上摸擦之下,字迹全都模糊了。何况炭笔的书画是连面包一揩就要灭迹的,何苦跟排字工人寻开心呢。

讲到笔砚的精良,还待让我们的前一辈。即如我的父亲,就是一个讲究笔砚精刻的。他的"签押房"里的大大小小的抽斗都藏着上好的笔墨纸张,书桌上的陈设也有不少,一面玩玩花草金鱼,一面就玩玩笔墨,收藏书画,然而到了这个时候,人生的旅途也就要告一段落了。

我现在的书斋,在三层楼上,向北向南都有窗,南窗外看去有密密层层的无线电的天线,北窗外远远地耸着七八根烟囱,在这种工商业的社会里,将毛笔和自来水笔竞争,无异于刀剑和枪炮竞争一样。英国某通俗作家连自来水笔也嫌迟缓,他坐在沙发上闭目吸雪茄,旁有妙龄女书记坐在打字机旁,他的嘴唇一动,打字机就响了起来,这样一星期可以产生一本长篇小说——就是"大品文",像这样的作家,始可生存于工商业的社会里。

我一向为稿都用钢笔,取其迅捷。不知何故,最近忽然用起"小楷紫毫"来了。我之所以不行,就在此等地方。

原载《新人周刊》,1934年第1卷第5期。署名:谢六逸

新人与新文艺

本刊编辑先生分派给我的课题是《新人与新文艺》,对于这样一个宽大的题目,我只能说到它的一角,就是谈一谈"散文"。这原是极其可惜的,如请批评家担任这个题目时,我想定有大文章可看的。

我有一点小小的意见贡献于时下的青年。我以为如其没有超特的才能,大可不必白费心力去做什么文学家(指写小说、戏剧、诗歌的作家)。现在的刊物上常见许多半生不熟的作品,一看就知道是时下的文学青年的业绩。就中国的现状论,我以为那些粗制品是没有什么需要的。如果将那一番心思用在别的上面,也许还有较好的成绩。我说这话,必使许多文学青年短气,好像在提倡"文学无用",其实我是主张"文学有用"的。不过在我看来,一切粗制品的用途是极其有限的。

我希望中国的文学青年减到最少限度,但却希望中国的青年,人人都有写作文章(指散文)的本领。无论他研究的是理化、土木工程、商业会计或者别的什么学科,我想他们都须得学会写作长篇文章的本领才好。现在提倡实科的人以为研究文科没有什么用处,这种功利主义的立场,现在无暇指摘他们的错处。不过他们最大的错误,不能不于此顺便提出的,就是他们忽略了文科与实科的互助作用。他们把实科的价值估量得太低下了,揣度他们的意思,以为学习理化的目的仅仅是制造雪花膏卖钱,学习商业就只消做商店的伙计。殊不知凡是研究一种学术,除开达到"致用"的目的之外,还有最终的目的,就是要把自己所研究的学术发扬光大,不但使自己知道,同时也须使大多数的人知道。讲到这点,整理思想和发表思想的技能乃是必要的。我们试把实科的价值估得高一点儿,就不难知道研究理化或商业的人,也须兼有写作文章的技能。做一个实业家,不能畅达地发抒自己对于实业的意见;科学家不能提笔写作一篇说理论难的文章,实在是一个难于弥补的缺陷。

现在我提出的"散文",是指散文的新形式而言。时代进化,旧型的散文是不够应用的。"策论"和"经义"一类的文章,用来作基本训练之助尚可勉强,如说专写这类文章,便无往不利,尽应用之能事,便是开倒车。我们试把北洋军阀时代报章上常见的通电宣言,跟革命军占领南京、国民政府成立以后所见的比较一番,虽然是官样文章,也不能不承认二者之间有绝大的差别了。

新散文在形式上必须打破从前的"策论"式,而采取自由的形式,凡"报告文学""特写""通信文"的形式都尽可取用。在内容上,凡百学科都可以用为散文的资料。不必要论一下范增或者项羽,然后才叫作作文。如能将内容扩大,即使是簿记学的心得,也可以写成一篇优美的文字。

现在的文学青年,每逢提笔,便以作家自许,结果产生一两篇内容空泛或者吟风弄月的小说。我以为不如变更笔锋,写一篇用实际生活为材料的散文(但不必一定要写成小品文),让大家看了多得一些实际知识。小说虽是切要的,但只能让那些有特殊才能的人去担负这个任务,就一般说,只要有写作散文的技能,也就足够了。

原载《新人周刊》,1935 年第 1 卷第 16 期。署名:谢六逸

报章文学

提起"报章文学"(Journalese),就不免受正统派文学家的轻视,以为粗浅不足道。"报章兴盛,文章衰落"这句话的来源就是为此。

如果报纸要完成对于民众指导、组织、宣传的任务,我们非但不应轻视报章文学,更应努力提倡,加以改善。

现代报章文学的堕落,新闻记者本身缺乏修养固不能辞其责,然而现代新闻的生产过程使之不得不然,我们也是承认的。

现代欧美的新闻都在大规模的机械下生产,因为时间的宝贵,新闻记者非在极匆忙的时间写作,便不能尽忠职守。他们写作的场所也是极不规则的,有时在飞机上、火车上,有时或在汽车上,甚至有时来不及提笔,只得借电话口述文稿,在这种情形之下,是不会有好文章写出来的。

从前上海报纸的文章,更其堕落得可怕。他们的情形和欧美记者的恰巧相反。欧美的新闻记者因为太忙,所以写不出好文章;中国的记者太有闲,所以也写不出好文章。因为有闲,对于软性新闻记事特别用力。他们不知道新闻记载是与社会生活互相关联的，影响甚为重大，于是把重要的社会生活报告丢在一边，却注意"赤身裸体""鹣鹣鲽鲽"（此是上海报纸的惯用语）一类的记载，有了此种意识，不免将"Human interest"一语曲解，滥用所谓香艳的词句，所以也不会产生好文章。

我谓每天早晨在报纸上接触的文章，大约有这几种：评论文、简明记事（Spot news story）、趣味性记事（Human interest news story）、特写文（Feature news story）、长篇特写文（Special feature news story）。就是所谓"包罗一切值得印出的新闻"（all the news that's fit to print，《纽约泰晤士报》第一版标语）的文体。这几种文体，可以列入散文的新形式，如果没有正确的文艺观念，结果仍然写不出好文章。例如写评论文就宜明快畅达、通俗易晓。美国名记者浦立斯彭（Arthur Brisbane）在赫斯特特系（Hearst Chain News）报纸上每天发表的短评《今日》，他立定一个标准，他的评论文章采用单音字，使人人易读易懂。又如日本《读卖新闻》的晚报上，每天登载"一人一题"，也是用简明的文章谈重要问题。像这些例证，可以说明产生上乘的报章文学的，乃是正确的文艺观念。

中国的新闻记者以为只消"跑腿"（run）就可以完成任务，对于报章文学视为无足轻重，这是错误的。所以特意提出来谈谈，作为一个开端。如有机会，再当详论。

原载《世界文学》，1935年第1卷第3期。署名：谢六逸

随笔：奇闻

近代日本作家以文章警炼著名的有二：一为芥川龙之介，一为谷崎润一郎。芥川逝世已有八年。今年7月24日，德田秋声、菊池宽、佐藤春天、内田百间诸人照每年惯例举行"澄江堂河童忌"，东京岩波书店又重印《芥川全集》普及本，均以纪念死者。今夜灯下忽思读芥川小品，因重翻《澄江堂杂记》，并摘译数则，以供同好云雨。（二十三年十二月二十日记）

奇　闻

有某饮食店的小姑娘，常至大阪某工场送饭，有一工人，以舌舐女颊，因至发狂。

美洲某地海岸，有将行海水浴的女人，她的衣裳忽为偷儿盗去，遂终日不离更衣室。后来偷儿被捕，所判的罪名是利用女性羞耻心的违法监禁罪。

电车中有老妇人误践某甲的脚，某甲怒，返踏老妇之足。老妇遂向众人演说："我方才无意踏了他，他故意踏我一脚……"那人不得已只好赔罪。闻老妇即某某女士。

世间说诳似的故事,有出乎意外的。均闻之于小穴一遊亭云。

蜻 蜓

我见蜻蜓停在树枝上,它的四片羽翅并不平伏,前两片跷起约有三十度,风吹来时,其羽忽高忽下。树枝虽动,仍不离去,依旧悠然在那里动。仔细看时,随风的强弱,前方羽片的角度颇有各种的变化。此为淡色的赤蜻蜓,树枝是枯枝,见处为崖上。

小 孩

描写儿时事件的小说甚多,但依童心写出者少,大多为成人回忆儿时之作。就此点言,朱一士(James Joyce)可谓别出心裁。

朱氏的《少年美术家的肖像》(*A Portrait of the Artist as a Young Man*)确能依童心写成,或至少有如此的风味。但珍品终为珍品,写出此种文章的还没有第二个,读之欣然。

贵 族

贵族或贵族主义者不能自负的,就是他们也跟我们一样,必须入厕。否则无论何处,祖先也许要扳起神一样的面孔了。德川时代的大诸侯,在朝觐的途上,宿于逆旅,必将大便盛入填满砂石的樽里,防残留于后。听了这故事,可知他们也注意到这一弱点。此事如得好听些,就同尼采的警句"为什么人不想自己是神呢?"同似了。

原载《文章》,1935年创刊号。署名:谢六逸 译

复旦大学新闻学系概况

上海复旦大学新闻学系,成立于民国十八年。我国南方各大学之设有新闻学系者,当以复旦为嚆矢。复旦校址位于沪北江湾,接近市中心区,故环境极佳。将来江湾区域发达以后,市中心一带的居民,是很需要一种报纸的。复旦新闻学系的学生,就可以办一种报纸来供给他们,正如美国的米苏里大学的新闻学系办报供给米苏里地方的人阅读一样。所以复旦新闻学系的目的,不外培植一种富有新闻学知识与技能的新闻记者,以备将来发展各地方的"地方报纸"之用。

复旦新闻学系的设施,可以分做三方面来介绍:一是课程,二是设备,三是已经拟定的计划。

一、课程方面

课程的编排,理论与实验并重,就其性质,可别为五项。

(一)基础知识

此项包括教育部所规定的大学必修课程,如本国文学、英文、自然科学、社会科学、体育,以及本系学生必须修读之第二外国语(法文、德文、日文各择一种)、心理学、论理学、广告学、统计学、工场管理等课程。

(二)专门知识

此项包括新闻学理论与实际两方面课程,如新闻学概论、新闻编辑、新闻采访、报馆组织、报馆管理、新闻广告、新闻发行、照相制版、印刷研究等。

(三)辅导知识

此项包括新闻记者应有的政治、社会、法律、经济、历史、地理、外交、国际等常识,讲授方法与普通社会科学不同,纯以新闻记者的立场,使学生知道观察批判的方法。

(四)写作技能

此项包括评论文写作、通信文写作、新闻记事写作、速记术、校对术等课程。

(五)实习与考察

1.实习

(1)介绍学生至设备完全之报馆与通信社,实习编辑、采访、发行、广告等。由教授及特约讲师指导并定妥具体办法。

(2)学校自办印刷所、校刊、通信社,使学生服务。现办有中文复旦大学校刊、英文复旦校刊、复新通信社。今年印刷所亦已举办,故学生(包括新闻学系及其他各系有志此道的同学)均有实习的机会。

2.考察及参观

(1)学生组织"新闻学会",由教授指导,每学期至著名报馆及通信社参观。

(2)率领学生赴国外考察新闻事业。

凡新闻学系学生,在一二年级时,必须将大学一二年级课程读完,即以攻读前面的"基础知识""辅导知识"为主,但亦得兼读先修课程(如《新闻学概论》)。第三年级学生,课程加重,专攻本系特设的各学科(即专门知识),并注重写作技能。至第四年级,课程听讲时间减少,以深入社会实习考察为重。

主要课程之名称及说明列下:

1.新闻学概论

讲授新闻学(Journalism)的意义与类别。报纸的发生、进化、生产、编辑、采访、经营。灌输最近的新闻学理论。每周讲授两小时,实习一小时。一年修完,共六学分。

2.新闻编辑讲演与实习

本课分为"讲演"与"实习"两部,均由专家指导。讲演部分,授以编辑工作、编辑方法等知识。实习部分由教授率领至报馆,学生自己动手,学习编辑的实际工作,例如看稿、标题、发稿、大样、校稿各种技能。讲演及实习各二学分,一年修完,共四学分。

3.新闻采访讲演与实习

本课分为"讲演"与"实习"两部,均由专家指导。讲演部分,授以采访方法、访员的职责、采访新闻的标准、记述方法、采访部的组织、国际新闻的采访等。实习部分由教授率领学生赴本地各行政、司法机关、社会团体,练习访问、制稿等工作。讲演及实习各二学分,一年修完,共四学分。

4. 报馆组织与管理

讲授本国各著名报馆的组织及管理方法,并介绍欧美日本各著名报馆的组织及管理方法。一学期修完,共二学分。

5. 评论练习

注重评论的写作练习,讲授评论在报纸中的地位、评论文的基础条件、评论的种类、评论记者应有的条件、评论作法。选用著名的评论文字,以备学生观摩,并随时灌输国内外时事,提出问题讨论作为评论文的资料。一年修完,共六学分。

6. 通信练习

注重通信文字的写作练习,讲授世界各国通信事业的现状,世界通信网,国际通信员、特派员、特约通信员应有的修养。指导通信写作的技巧。凡选修此课者,必须先修完"新闻采访",否则不能选读。一年修完,共六学分。

7. 本国新闻事业

讲授现在国内著名报纸的沿革与概况,本国报纸发达的经过,本国报纸所受外国报纸的影响等,并注重参观及考察。一学期修完,共二学分。

8. 欧美新闻事业

讲授:①欧洲各国新闻事业的概况,特别注重英、法、德、俄、意各国的著名报纸与代表各阶级的报纸。研究其组织、编辑方针,言论倾向在国际间的作用,以及经营、推销的方法;②讲授美国各系报纸的渊源组织、特性、编辑上的特点,以及现在各著名报纸的近状,并将美国新闻与欧洲各国新闻作比较的研究。一学期修完,共二学分。

9. 日本新闻事业

讲授日本新闻发达的径路,大阪东京两地各大报馆的编辑、组织、业务、特质,注重各种报纸的阅览。一学期修完,共一学分。

10. 比较新闻学

研究国内各报纸的缺点及优点,并与国外报纸作比较的研究,促进本国报纸的改善。一学期修完,共一学分。

11. 新闻纸法与出版法

讲授各种与出版物有关系的法规,研究出版法与新闻条例的优劣,新闻记事的束缚、军事检阅问题,并讲授新闻记者应守的法律与道德。一学期修完,共一学分。

12. 新闻发行学

讲授新闻发行的各种方法,注重推广的研究,介绍国外各报推广的方法。一学期修完,共二学分。

13. 新闻学讲演

敦请国内外新闻学者来校讲演:①新闻学的理论;②批评国内各报纸的得失,发抒改良本国报纸的意见;③关于技术方面的知识(例如有排版、制版、印刷、发行、广告各种经验的职工,均请来校和学生谈话);④与新闻学有关的一切学识。此项讲演每学期举行,由新闻学会主持之。学生记录笔记交本系主任审查。

14. 新闻学讲座

本讲座与前项不同。包含两种性质：①国内外学者不能长期来本校授课者，请他们作短期的讲演；②凡讲座的内容特殊，可不需要长时间者，请其作短时期的演讲。由讲者指定参考书或研究资料，令学生自动研究，将研究所得作成报告，交本系主任审查。

15. 舆论研究

讲授舆论的性质、舆论与新闻的关系，研究近代国家与言论自由的理论。一学期修完，共一学分。

16. 印刷研究

讲授印刷的知识，注意实地练习。一学期修完，共二学分。

17. 新闻广告研究

讲授广告学的原理、作用，新闻杂志广告的图案、编作，注重广告经营。一学期修完，共二学分。

18. 商业新闻研究

讲授"商业新闻"一栏中的商业知识，注意商业新闻的编辑方法，注重采访的方法。一学期修完，共二学分。

19. 社会新闻研究

讲授社会与新闻关系，研究社会新闻的伦理问题；国内社会新闻写作的优劣；国外各报纸社会新闻的得失，注重比较与写作。一学期修完，共一学分。

20. 新闻绘画研究

研究新闻的插图、漫画、意匠，特别注重画报的编辑方法以及家庭、儿童阅览的绘画。一学期修完，共一学分。

21. 照相制版研究

讲授照相与制版的原理及应用,照相与文字的关系,新闻照相的重要,照相通信的应用,各种制版的技术,注重实地练习。一学期修完,共一学分。

22. 新闻储藏法

指导剪报工作,储藏的方法。一学期修完,共一学分。

23. 杂志经营与编辑

讲授杂志的编辑与经营。一学期修完,共一学分。

24. 速记术

练习中文速记。一学期修完,共二学分。

25. 校对术

练习校对符号的应用,校对员应有的修养。一学期修完,共一学分。

26. 新闻记者常识

新闻记者除应用的专门知识而外,又须博学,必力求常识丰富,本课包括地理、历史、政治、法律、外交、科学等课程。指导学生观察政治现象、经济大势等等,非仅以了解"概论""大纲"为能事。本课由学生在大学各系课程中选修之。

27. 时事问题研究

时事问题常是突然发生的,报纸负有解说其起因、现状、结果的职责。本课讲授观察时事的方法,并随时对学生讲述最近国内外发生的时事问题,使学生能理解各种时事的全部,获得 up to-date 的知识。

28.报馆实习

四年级学生由学校介绍至各报馆实习编辑、采访、营业、广告、发行各部分的工作,同时并在通信社实习采访与制稿。

二、设备方面

(一)复旦大学校刊

由高年级生组织编辑、采访两部,主持之教授负指导之责。凡送稿校对均由学生办理。

(二)通信社

组织分设计、编辑、采访、交际、总务、印刷、校对等部。本社职务在传达学校消息于社会,并对外发稿供给各报馆与杂志社采用。

(三)新闻学研究室

本研究室设在校内简公堂楼上。室内搜藏国内外报纸杂志及图书,凡有历史价值的报纸或资料均已保存,并备有教授上所需要的模型。

(四)印刷所

复旦大学印刷所系由学校与学生投资举办,为股份公司性质,为全校设备之一,可供新闻学系学生实习。

三、计划

1.新闻学系专用的建筑物。

建筑铁筋混凝土的四层楼专用教室,底层为印刷机器间、照相制版间,二三层为校刊社、通信社、编辑室、储藏室、教室、办事室、图书室。

2. 轮转印刷机、照相制版机的购置。

3. 应用于报纸的科学上的设置。例如无线电、电报、电话线等。

4. 成立"新闻学研究所",容纳有志深造的本系毕业生,资助相当的生活费,使能安心研究。

5. 世界各报馆、通信社、各大学新闻学系的联络。

6. 国内著名报馆、通信社的合作,使学生增多服务社会的机会。

7. 永久资金的募集。

8. 增加报纸、杂志与模型的设备。

复旦新闻学系的概况略举如上。新闻教育为发展新闻事业的基础。我国报纸,年来虽有进步,但一般人对于新闻教育尚不知注重。美国各大学的新闻学系多由报馆出资委托学校办理,故新闻教育能与新闻事业相辅而行。反观我国,则情形迥异。今后欲图我国新闻事业的发展,必须培养新闻人材。我国各地的地方报纸,多腐败不堪,亟待改良,不患将来学生无用武之地。此点甚望政府当局与报馆企业家提倡,并与目前办有新闻学系的大学合作,以收实效。

民国二十三年(1944)一月十三日

原载《新闻学期刊》,1935年第1期。署名:谢六逸

爆　竹

今天已是阴历二月初一，四周仍有爆竹的声音。有时正在专心做事，忽然劈啪一响，真有点令人不快。上海人旧腊二十日前后就放爆竹，在祭灶、送年、接年、元旦、接财神、元宵诸日特别放得多，闹成一片。其余的日子，便零零碎碎地放，或是小孩在放，或是成年人借"掼炮"调戏女性。总计上海人放爆竹的日期约有两个月光景。我觉得这许多爆竹放得有点莫名其妙。充其量，不过表示一种盲目的感情冲动，除此以外，还有什么意思。

耳朵里听着爆竹的声音，我不知不觉又想起三年前的一幕悲喜剧，所谓痛定思痛，不由得我不去想他。

那时正是一·二八以后，十九路军撤退了。我因为避难，寓居在法租界一家书店的楼上。某日的黄昏时分，忽然响声四起，密密层层，没有一瞬间的间断，街沿上的人都说十九路军反攻，日兵败退。及至响声由远而近，附近几条马路也劈劈啪啪起来，才知道是放爆竹。但是这爆竹是为什么放的呢？始终没有人明白。这时书店里的伙计看见别人在放，他们也赶快到附近的小店买了许多爆竹，跟着也就劈劈啪啪起来。为什么放爆竹，大家依然是丈二和尚，摸不着头脑。过了些时，有人从报馆回来，带来一张油印的当晚的新闻简报，其中有一条，说是日军大将白川被我军地雷炸毙云云，这回才恍然大悟，原来是庆祝胜利之意。这时爆竹的声音更是层层密密，响成一片。附近一带的爆竹都销售精光，必须多跑点路，然后才可以买到。我想买一份英文晚报看看是怎么一回事，便踱到霞飞路，到了那里，见马路两边的爆仗壳已经盖没了石阶，仍旧在放。行人道上都站满了人，有的口讲指画，描摹我军的胜况；有的破口诅咒，日本从此灭亡。有时忽然群众中起了一阵欢呼，挥动两手，我随着众人的目光看去，原来是喝得醉醺醺的几个法国水兵走过。这边既在举手欢呼，水兵也不知所以然，跟着也举起手来，于是两旁的欢呼更其起劲。那时霞飞路的胜况，恐怕比欢迎凯旋将军还要热烈吧。

到了次晨，看了报纸，才知道真相，大家哭笑全非；又恢复以前垂头丧气的样子了。

民众的热情就是这么一回事吗？旧年新岁跟月蚀放出的爆竹声，究竟表现一种什么情感呢?！

（旧历二月初一日）

原载《现代》，1935年第6卷第3期。署名：谢六逸

家

远道的友人来信说，不久要把家搬到上海，我赶快去信劝阻。我的信里大致说了下面的一番话。

向来人人称颂上海是文化的中心，也有人以为这里是乐土。实际上海有什么文化可言呢？就以教育一端来讲，我在上海住了十几年，自己的孩子就不知道应该送进什么学校才好。市立小学似乎较之私立的好些，有办学经费，校舍也宽大，可是学生收得太滥，每一间课堂都挤满，对于儿童卫生不知注重。前年，我的小女儿在某市立小学读书就染了百日咳。虽然每天治疗注射，可是已经来不及了。废学半年不用说，弱小的身体和病魔抵抗的情形令人心酸。百日咳是显明的疾病，学生患了这种病，当局一点没有觉察，让病者照常到校，也不知道隔离，致令传染别人，真不知是何原故。像百日咳这样一望而知的疾病，尚且如此轻忽，至如肺结核一类的病患，当局之若无其事，可想而知了。小孩不送进市立小学，还有什么地方可以去呢？那就只有弄堂（近于家乡的小巷，但嘈杂污秽百十倍之）小学了。这一种小学收费甚轻,然而所收学生,常超过校舍的容量。一间课室除了教师站立的地方之外,全是长凳。学生三四人挤坐一排,犹如罐头里的沙丁鱼,看去密密层层,尽是小头在那里摇晃。在这样一种情形之下,如何能"教学"呢？教师倒有他的好方法,就是来得个凶,打手心、立壁角,都是补救教学效率的方法。小孩的心里一害怕,便什么都得忍耐了。这种弄堂小学,就连儿童卫生、儿童训育都谈不上了。昨天早上,远远地传来了一阵"咚咚喤、咚咚喤"的声音,仔细一听,原来弄堂小学的音乐教材是"凤阳花鼓"。向来家庭教育是补助学校教育的,但在上海,家庭教育就非特殊注意不可,要靠学校是万万不行的。

假令你住在上海,将来你的儿子也许要进大学吧,这里供给你一些参考的材料。上海有的是大学,国立的、私立的,货色一应齐全。你知道中国的大学变成什么样子了？学校里的功课全用讲演式,教员须从上课第一分钟起,叫喊到末一分钟止,然后才可以不发生问题。在名分上应该要学生用手做,要学生动笔写的,他们也要听演讲。学生是要在一种怡然自得的心情之下,在课堂上听取"说书"和"传教"的。求学的目的,只在安然享受上课时间的五六十分钟。如享受得还不错,就算满足。不然身体虽安坐椅上,眼睛也注视黑板,仿佛凝神恭听,其实神游数里之外,等于睁开眼睛在参禅。我这么一说,你必以为我在挖苦青年,罪无可赦。其实青年中有此种分子,乃是事实。如要谈到责任问题,无论搅到什么时候都弄不清楚。至于谈到大学教授,那就更大有可观了。大学教授在上海能值几个铜子呢？上海有的是富商大贾之流,这就是住在上海的人所崇拜的。有人初次和你会面,开口问道:"恭喜在何处发财?"你如回答"在华东大学任教",对方的脸色就沉了下去。你必须回答他说,"在华东洋行混混",对方就肃然起敬,结果不免说出敝行买卖还请照顾之类。大学教授和富商大贾、新旧官僚比较起来,都有逊色,所以大多数早就有了"觉悟"。就是为学术奋斗的意念一天淡似一天,而趋赴利禄的心呢,一天浓似一天了。"尺波未涸鱼先散,一骨才投犬共争",瓯北的这两句诗,其实是指这一班人说的。他们知道"洋场"的滋味比什么地方都好,抵抗不过物质的诱惑。于是把大学当作尾闾,虽然身列讲坛,然而目的却在于做官。有官做时便去做,及到红运已完,又仍然跑回学校,打起洋腔:"Boys and girls,读书要用功呀!"认真教书的也有,那就被嘲为"用功的教员",同时被大家看作傻瓜。如要受人重视,必须第一次上课时,自称在政界我认识孔某,在商界认识虞某。有的听了这一番说话,便以为"这可好了,将来饭碗有望,一切西装、求爱的费用,大约不成问题"。学校行政呢,则有两大秘诀,一是尽量造几所辉煌的屋宇,二是买收数十百亩的农田,做的无非是装点门面的工作,此类羊头狗肉的法门,还用得着什么博士名流去做呢。请一两个百货店里专门装饰橱窗的店员去办学,不也就胜任了吗?我不相信百货店里的店员比不上博士名流的本领。

  上海的日常生活,你也想知道一点吧。在这里我们所最感不便的,就是一种莫名的喧嚣。这种喧嚣,是从各种声浪混合而成的,不能够明晰地为您指出是哪一种声音。其重要的成分约有几种,就是机械一类的东西,好像不断地在摩擦、在敲打。其次是因社会萧条之故,商店大减价,为了招致顾客,吹打着没有调子的乐器,再次就是类似争吵的人语声。只要你在这个都市的圈儿以内,无论什么地方,都能感觉到这种喧嚣。你也许说,学校远在郊外,难道不能免掉这种喧嚣吗?其实不然,例如赛球运动之时,理应喧哗,可是冷冷落落、鸦雀无声。有时我看见了奇妙的情景,一个长大的大学生走在前面,忽然另一个蹑足走上,猛力用手一推,拔步便跑;被推的或是倾跌一跤,或是拼命地追赶,旁观者便大声呐喊。诸如此类,从童呆的行为而来的喧哗,我以为倒是可以节省的。又如上课时,退课钟虽响,教员的话没有说完,室内的人没有退出,此时教室门外已经拥挤不堪,有的在推,有的在嚷,马上就要攻进,虽然座位是固定的,一人必有一座,然而非此不足以表示悦乐。许多无谓的喧嚣,即在郊外,也随处有之。

还有我们日常生活所不能缺少的蔬菜,您如住在上海,将大失所望。这里的蔬菜不知是否隔夜浸在水里的,永远是不新鲜的、乏味的。即使到最大的公设市场去买,也未必能够得着好的。像家乡的白菜、芹菜、萝卜那样的色泽鲜明,滋味清香,在上海我就从没有遇见。由这一点,您可以想像上海附近乡村的贫弱,同时也就明白了都市这一只"铁手"的可怕。还有最严重的问题,乃是住宅,这是您所知道的,略去不提。

不过您得知道上海有的是娱乐,然而是糜烂性的。跳舞场倒闭,这有何可惜,报纸的社论,却大为叹息,以为上海地方又少了一种"市面",现金的流通不免受了影响云云。您看这是什么一个社会。袁中郎说:"人情必有所寄,然后能乐。故有以弈为寄,有以色为寄,有以技为寄,有以文为寄。古之达人,高人一层,只是他情有所寄,不肯浮泛虚度光景。每见无寄之人,终日忙忙,如有所失,无事而忧,对景不乐,即自家亦不知是何缘故,这便是一座活地狱……"不错,能有所寄,固然很好,但是住在上海,寄点什么好呢?跑狗场、回力球、跳舞场我从来没有进去一次,即进去也看不懂,有时偶然带小孩到 Capital 去看整本的"米老鼠",只有这个是我的寄情之所,然而整本的"米老鼠"不常有,所以终成了一个"无寄之人"。不过最近却学得一桩本领,就是在三层楼上看书疲倦后,咚咚咚跑到底层,跟小孩子一起嬉戏。习之已久,凡是小孩子大哭的时候,我能在一二分钟以内,使得他们大笑。我对自己的女人说:"有了这桩本领,您如再养小孩,我能做一个没有奶的奶妈。"

上海有什么足以夸耀的吗?租界里的摩天楼,如国际饭店,只是敦睦邦交,送往迎来的地方;摆渡桥畔的百老汇房子,虽然号称东亚的高楼,然而其中空空洞洞,一无所有。这里没有文化,更不是什么乐土,值不得称颂或羡慕。

您没有结婚之前,我写信给您,说:"聪明人不愿结婚,甚至不必有一个家。"您来信,气忿忿地,抢白我一场,道是:"你们有老婆的人,哪里知道没有老婆的人的苦处呢?"今番您想移住上海,我又要用"不以家累自劳"这一句话来劝阻您了。

想说的都说了。朋友!您的那个"家",究竟是来的好,还是不来的好呢?

[民国]二十四年九月五日

原载《宇宙风》,1935 年第 2 期。署名:谢六逸

二十四年我的爱读书

1.《世界文库》(郑振铎编,生活书店出版)

此书的编辑方法如同杂志,巨大的著作,可以按月分读,读时不感厌倦。我甚喜爱。

2.《现代随笔全集》(日本金星堂出版)

散文的领域必须扩充,我希望医生、植物学者、天文学者、工程师、宗教家……都能提笔写散文(Essays)。这部书共二十卷,现在只出到第九卷。每卷收集诸家的散文,每一卷的作者都是职业相同或是所研究的学问近似的,所以包罗丰富,实是散文的总汇。

3.《特写文怎样写作》(*How to Write Special Feature Articles*:By W. G. Bleyer. Houghton Mifflin Co.)

这本书的第二篇(Part II)甚有意义。作者收集许多报章文字,如果译为中文,实是今日的"新文体"。

原载《宇宙风》,1936年第8期。署名:谢六逸

日本的杂志

顾名思义,既称杂志,内容宜求其"杂",我国的杂志,虽欲求其杂而不可得。因为文章缺乏、编辑技巧不精、铅字不整齐、插图模糊、"花边"不全,如何能"杂"呢?

杂志的"杂",并非"杂种"(国骂之一)的"杂",凡办杂志,不可不"杂"。学院派的杂志,似乎不宜"杂",其实不然。一种学术,值得办一种杂志来研究发表,那种学术,已很复杂,是则专门研究此种学术的杂志,只就内容一项来说,也不可以不杂。

几篇皇皇大文,每篇长若干言,据说每篇都是数年研究的结晶品,参考书籍在数百种以上。(有每篇篇末的注一、注二以至于注 N 为证)不幸六七十万言的杂志,被几篇皇皇大文章一塞,早已塞得胀鼓鼓的了,即有空白,又再补上近于"乌鸦在天空放屁之理论与实际"的文章。至于编排呢?照例是名人的文章放在头上,或者将政治经济论文列在篇首,小说之类老是放于末尾。每篇的题目一律用二号或三号铅字,作者的姓名一律用四号或五号字。从封面后的"目录页"起到"里封面"为止,每行的长短划一不二,不见一个花边或者一张"扉画"(Cut)。办杂志老是因袭这个旧套,不怕那几篇"皇皇大文"减色吗?这样的东西似乎难以称作杂志,亦即难以称作近代集纳主义(Journalism)领域里的"杂志",勉强称作"论集""论丛"何如?

凡办杂志,不管是否学院派的、专门家的或者通俗的、一般人的,我们可以在每项问题中求其复杂,在编排上求复杂,在排式上求复杂,在使用铅字花边上求复杂,在插图或饰图上求复杂。不宜单调刻板,不宜错落误纸(其甚者误驻×大使为驻×大便),不宜在封面登商品广告。我前面所说的"杂",不外这个意思。一面办杂志,一面又怕"杂",何必办什么杂志?尽管编"某某诸公论文汇刊"好了,幸勿掠夺"杂志"的美名!

闻镀过"足赤"回来的人说:"伦敦的乞丐办有一种小报,指导乞讨的路线。"乞讨也要办"小报",作精神上的沟通。我国的报业经营者也许要嗤之以鼻,骂一声"小瘪三办报,狗嘴里吐不出象牙"。从前我得了一张《大正新报》,是日本东京屑屋组合(即上海的收旧货者,吾乡称作"收破铜烂铁"者的行会)所办的,里面刊载各种旧货(例如垃圾桶里的破香烟罐头之类)的行情,还有"附刊",登着小说散文呢。在我国的新闻经营者听了,又要说"这个不能够赚铜钿"了。

这个例说明了什么呢?答曰:在现社会里,定期刊物的领域确已扩张了。(连乞讨和收旧货也有定期刊物,可见其领域确已扩张了)连乞讨和收旧货也有定期刊物,可见其"杂"。从前不办杂志则已,如办则必研究这种杂志的后台老板是谁,具有什么作用,按月津贴若干,主编者除名分上的薪俸外,还有油水没有。翻开内容一看,字里行间尽是崭新的名词,例如"积极"等。出了四五期之后,大约津贴不来,便关门大吉,这不愧是中国杂志的正统派。办杂志如果遵循正统派的成法,活该个人或公司的"血本"倒霉。

希望杂志办得好、"杂"得妙、"销"得好,第一要"杂志记者"得人。日本的杂志记者确实有一副本领,他们的本领,我可以借用中国赌徒的三字口诀来说明——就是"忍""狠""等"。

日本的社会较之我国的安定得多,讲到研究学术当然要算日本的环境适宜,因之肯提笔写文章的人也多。如像《改造》《中央公论》《主妇之友》一类的杂志,资本丰富,肯出稿费,要罗致名流学者的稿子,有何难哉。然而名流学者有时不免装腔作势,有时确实无闲,那么,杂志社的记者就得"忍",暂时得自称"百忍堂主"了。所谓"忍"者,即厚脸皮之意,应付一个名流要脸皮厚,应付一批名流也要脸皮厚。他们罗致稿件,在会面时除了接连行九十度的鞠躬礼而外,还得用各种方法和他们联络,目的在于使他们的好文章都在自己杂志上面登出。要达到这个目的,非做"百忍堂主"不行,如稍一碰壁,便怫然不悦,或思改行,那就永远拉不到佳稿。我读过好几位日本杂志记者的苦心谈,觉得他们的坚忍甚可佩服,犹如"难行苦行"一般,他们简直不是在拉稿,而是在打仗。

美国的影片公司拍摄电影,不惜将宝物破坏牺牲,可谓"狠"心,如不狠心,只好用纸扎的汽车表演互撞了。办杂志怕痒怕痛,既要马儿好,又要马儿不吃草,哪里有的事?一篇文章,老板肯出三元一千字,但要除去标点,除去括弧当中的外国字,又要除去空行。拨一下算盘珠子,除干打净,实得二十三元五角九分。但是开了支单,只有二十三元,老板的意思是省一文好一文,对好说话的不妨多刮一点,聚沙成塔,几年工夫要成为一笔巨数呢!稿费打了小折扣,纸张又得买顶便宜的,铜版锌版不愿做,印刷的工价愈低愈好;可是他希望他的"杂志"能不胫而走,岂非矛盾?日本的杂志记者在资本家容许之下,他们对于作家的稿费能自己作主,为了与别人竞争,他们允许极高的润金,不怕资本家多话。在资本家方面呢,如果杂志销路好,这点稿费是容易收回的,因此杂志记者虽"狠"而老板不怕。不吝啬稿费,其"狠"一也。其次,文章务求其多,各种性质的文章,只要有价值、合乎体裁的,都得设法罗致。比方《中央公论》《改造》一类的硬性杂志,亦兼载软性的文章;画家的绘画,使枯燥严重的空气得以调和。又如《文艺春秋》那种杂志,只消翻开目录一看,收罗材料的丰富,可一望而知。诸如此类的杂志,买了一本,可供半个月的阅览。纵使不能以质胜,也能以量胜,横竖一本杂志的代价有限得很,买了一本,供十数日的消遣,何乐而不为。杂志能够适应读者各个人的需要,销路自然可观。推其原故,还是杂志社出得起稿费,向多方面罗致文稿所致,归根结蒂,不能不说是杂志记者的功劳,其"狠"二也。能"忍"能"狠"之外,还须能"等","等"者包括"跑路""伺候"之类。作家住在外埠的,如果拍电报还不见稿子寄来,就得花一笔旅费,派遣记者去坐索。甚至有住在旅馆里面等候三四天,仍旧拉不到稿子,空手而回的。作者住在近处的,屡次催促,不见稿来,发稿期迫,只好带了"辨当"(饭盒)到他的家中去坐候。这种情形,记者不以为侮辱;作家不嫌其麻烦,此所以作家能与记者打成一片,符合所谓"产销合作"。

要杂志办得好,必须先要记者好。前面说的"忍""狠""等",实在是杂志记者在责任上应该做到的,不足为异。杂志是一个艺术品,杂志记者应有他们的修养与人格。通过他们的技巧,使成千成万的人得到一个艺术品,读者对于能够负担这种使命的人,理应致"革命"的——不,说错了,致诚虔的敬礼。距今十一年前,《中央公论》有一位著名的杂志记者,名叫泷田哲太郎(号樗荫,殁于1925年),颇受当时一般作家的敬仰。已故作家芥川龙之介曾说:"泷田君是一个热心的编辑者,尤其在诱导作家写小说、写戏曲能具独特之妙……我受了他的多方的鞭挞,不觉奋然地写了百篇左右的短篇小说。"(见芥川著《梅马莺》二四四页)德富苏峰也称赞他道:"我在《中央公论》上用匿名发表的文章,都由泷田君笔记而成……泷田君的笔记,我最放心而且满足。"(见《成篑堂闲记》一四七页)像泷田君这样的记者我们能有几人呢?作家能执笔创作,但未必能具备编辑技巧,并且没有时间去下"忍、狠、等"的工夫。一个杂志的编辑要挂出作家的招牌是可以的,但必须有一个精通编辑技巧的人作他的助手,而且这个助手须有修养有人格才行。日本的各种杂志虽有挂起作家的招牌的,然而都各有负专责的记者。日本杂志之所以有精彩,我想这也是原因之一吧。

如果到了东京,试走进神田一带的大书店里去,站在杂志摊旁边

"立读"一下,不免要惊异种类的繁杂。单就杂志的外形讲,五光十色,刺激视觉。不由得不伸手去捡起一本来翻阅,见了意匠的新颖、印刷的精良,又不由你不放下这一册,另去翻别一册。又将惊异连"抽烟"〔《莨》(Tobacco)〕,"钓鱼"(《水之趣味》)也得办杂志。至于各级学校的课外读物(定期刊行的)、社会科学的专门刊物、自然科学的通俗杂志、少年少女文艺,也纷纷陈列在那里。用武士豪侠、市井琐闻作主要材料的杂志(《讲谈俱乐部》《读物》《实话》)和奉马克斯理论的文艺杂志并列。不过大家可以放心,谈"抽烟"的杂志里在大谈马克斯爱抽烟斗,讲马克斯理论的杂志决不谩骂办"抽烟"杂志的人为没落颓唐,患这种"幼稚病"的时期大约彼此都已属于过去了。政客绅士、学生工人,各人检选各人喜悦的杂志,各得其所。可没见有人写文章加以训斥说,你们不读圣经贤传,专看杂志,不怕堕落吗?

当恭维的地方不妨恭维,因为日本杂志的发达,无非是他们努力的结果。大概我国的杂志经营者不致于说我"长他人志气"吧。

原载《宇宙风》,1936年第25期。署名:谢六逸

静夜感想

新年可以庆祝的意义在哪里？如由我等劳碌之辈来回答这个问题，也只有说"接连休息数天"而已。岁序更新，虽然值得快乐，但大多数人总是在愁闷中度过的。大抵新年之乐，老年人不及中年人，中年人不及孩童。我等中年人，如不能勉强将此刻现在的心境化为童年，盖难享受所谓新年的快乐。但是这心境的"化"也颇不易。新历废历的年关追踪而来，遂不免被强迫着"化"了两次，因为是强迫的，精神上的担负反而加重，所以每逢过年，只有淡漠的哀愁。本来早就希望它降临的这数天的休息也就淡淡地让它过去，若要问于身心有何等补益，就很难说了。

但在老年人和孩童是否如此呢？孩童对于新年的心境，大家已是"过来之人"，姑置不论。想像起来，老年逢着新岁也该有寂寞之感吧。七旬以上的老太太借新年为名，每天打牌二十圈；同样年纪的老翁利用回春时令，续娶少艾，虽明知与延年益寿的道理相背，然亦安之。但在旁人看去，就知道他们是无可奈何的，幸而生活还有余裕，不妨借此消散他们的寂寞。可是如像这样的老年,现今能有几人呢?大多数的老年仍在哀愁之中,一面既要回味孩提的快乐,一面又须体验中年时期所未领略的凄苦,只有加重精神上的负担罢了。

前些时读吉村冬彦的《自由画稿》,他已为我寻得这么一个模型。据他说:"有一个温厚笃实、诚恳亲切的老人,平时朝晚拜神,一团和气。孰知到了元旦,态度大变,满脸愁苦、喜发脾气。老人之子,想不出原因何在。后来过了二三十年,其时老人已亡,子主持家庭,生活也安定。某年元旦清晨,子起床后,觉得眼中所见,俱是可恼之事。如纸窗破损、女仆在厨下打破碗盏等,这些在平时本不值什么,但在正月元旦,就特别引起自己注意,觉得不愉快,甚至于怒恼。另一方面,正因为是元旦,不宜发怒,起了抑制的心理。既是抑压,怒恼便非'从心上起'不可了。这时他方知亡父从前每逢元旦发怒的心境。过了几年,他在某年元旦发现他的儿子,为了一点小事,向着其母与女仆发怒,他不光是吃惊,并且觉得可怕了。"

这事近于笑话,但吉村氏只是一个精通科学的人,由他传述出来,总与真实相距不远。元旦本是可以庆贺的,大可快乐一下。唯其如此,如有些微不如意的事在是日发生,平时不算一回事,但在元旦日,便显得异常严重,于是愁苦烦闷都随之同来。在这个不安的时代和不安的环境中做人,平日也可以马马虎虎地过去,以不了了之。然而元旦一到,回头想一下,平时的牢骚抑郁,只消米毛样的小事都能够引了起来。遂使一个可庆可贺的元旦,化成一阵轻烟飘去。至于承认新年元旦真正可喜可贺的人,除了孩童而外,想来也正不少,但我辈只有钦佩而已。

至于我辈,到了新年元旦,究竟可以庆祝的意义在哪里呢?

[民国]二十四年一月

原载《新小说》,1935 年第 1 卷第 2 期。署名:谢六逸

民众之组织训练与指导

我国旧小说里描写两军对垒之后,败北一方面就被写为"自相践踏,死亡无数",由此想见那种混乱的情形。但是我们应知那时是封建时代的战斗,现在的军队当然不会如此的。因为现代的军队是经过训练的,无论胜败,大约总会秩序井然。不过中国的民众向来是没有经过训练,没有组织,没有人指导的。所以事变一来,先是相顾失色,继而拔步奔逃,终于不免"自相践踏,死亡无数"。无论胜败,欲求其"秩序井然",这是谁人也没有把握的。

最近有某氏到××大学演说,大意是发挥第二次世界大战时中国国民应有的准备,他的演说辞,有一项谈到对付敌人的方法。原意是要学俄国人对付拿破仑的法子,要我们将来也表演一下火烧都城的把戏。抄老文章原是不得已的办法,但是要晓得彼一时也,此一时也。拿破仑攻俄的时代,交通运输机关尚不完备,全靠马匹和兵士的两条腿,所以会上了俄国人的大当。现在交通运输的便捷远胜从前,不单是缩地有方,即使人烟绝灭,只要食粮能够运输,也就有了办法。

照某氏的意见,从今天起,我们虽然改住在"蒙古包"里面,预备将来连同"蒙古包"一起逃上帕米尔高原,我想也不会难着了敌人的。

我们要做的事,并不是消极的逃避。但在事前不让老百姓们有一些关于这方面的常识,就不免增加许许多多无谓的牺牲,丧失国家、民族的元气。比如1936年近在眼前,我们却没有看见一册研究这一问题的书籍,难道中国就没有一个像平田晋策的人吗?让大家坐在鼓里过日子,到那时炮声一响,就不免"相顾失色""拔步奔逃",甚或至于"自相践踏,死亡无数"了。

为了应付第二次世界大战的危机,政府似宜着手指导民众、训练民众、组织民众。让老百姓们知道一点防空的知识跟化学战争的知识,以及应付危难时应取的态度等,乃是必要的。

妄言多罪!

[民国]二十三年十二月

原载《文化建设》,1935年1月第1卷第4期。署名:谢六逸

所谓晴耕雨读

读书的理想境界莫妙于古人的晴耕雨读。想像有一个美丽的庄园,距城市数十里,园内有田有圃,有竹有树。屋内且有卫生设备,加上银行里有一大注定期存款。每天有妻子调制牛乳、咖啡、鸡蛋。逢天晴时提起锄头在土里挖两下,名之为"晴耕";天雨则躺在沙发上,读古人的"笔记",这名之为"雨读"。有时口中咿咿唔唔,仔细一听,原来哼着翁森《四时读书乐》的第二首:"修竹压檐桑四围,小斋幽敞明朱晖。昼长吟罢蝉鸣树,夜深烬落萤入帏。北窗高卧羲皇侣,只因素稔读书趣。读书之乐乐无穷,瑶琴一曲来薰风。"像这样的读书,才可以说是有点飘飘然。

但在我辈,哪里希望得到此种境界,这关系,立法委员可以牺牲,大学教授决不愿牺牲也。

原载《文化建设》,1935年第1卷第7期。署名:谢六逸

义士记

义士者,某邑婆人子也。不知始何名。少孤,为人牧牛,侪辈戏以阿牛呼之,遂以为名焉。及长,佣于邑之某富商家,勤谨敦朴,数年如一日,由是遂得主人欢。某岁,寇入富商家,翻箱倒箧,饱掠一空。时家人皆惊避,牛独与幼主匿灶披间,屏息不敢少动。贼牵以出,执幼主,诘以藏镪所在,不应,将饱以老拳,声势汹汹,间不容发。牛皆裂,急起以身障幼主,大声谓贼曰:"若曹之所欲者,银钱耳!今既偿所欲矣,奈何尚欲加强暴于人为?"言时,声色俱厉,目灼灼若有光,贼众辟易。已而角声呜呜,追兵且至。贼众惊,急曳幼主出。牛力掣幼主衣,蛇行随之。及阶,众怒蹴之,牛手脱,寇遂挟幼主如飞而去。牛起,仰天大恸曰:"吾被主人恩,愧无以报,今天予吾以报恩之机,而令幼主若是!主人归,若问幼主,吾将何辞以对?不如从之,以天之灵,主人之德,使得保幼主以归,固所愿也。设有不幸,而不获保幼主以归,区区之心,有死而已,夫复奚言?"于是蓬首垢面,易褴褛衣,曳杖奔出,未数里,及焉。乃徐行尾之,贼众忽止,二贼反身诘以若何人,牛以乞者对。问何往，牛答以前村。寇令缓行，临去犹频频反顾不已，牛为股僳。俄而前至一亭，贼众憩于其中，各出糇粮以果腹。牛亦随入，于人丛中得幼主，就与偕坐，阴挈其裾，他顾而语之曰："有我在，毋恐也！天涯海角，吾将随尔之所之，毋恐也！"幼主审知为牛，失声悲哽。寇似微闻，交目瞩牛；一寇趋前，厉声诘牛曰："若人也，毋乃为谍乎？不速去，弹贯尔胸矣！"言次，探怀出手枪，睨其眼，扬其手，故作欲击状。牛神色自若，不为动，寇亦徐收其枪，喝令他去。俄而寇行，牛复起随之，时夕阳在山，新月一钩，高悬树际，且山径崎岖，绝壑万仞，自不知置身何所矣。是时寇行颇速，转瞬顿失所在，唯百鸟归林声，与飒飒之风树声相呼应，又有若万马奔腾，虎啸于山谷中者。而牛本其初志，曾不少存畏葸，鼓勇直前。旋见一灯如豆，隐现于丛林中，急趋就之，至则闻呵叱声、哭泣声、欢笑声，与夫银钱之玱琅声，杂然并作，知为匪窟，不禁凛然！急伏门前草莽间，屏息以瞻其变。无何，门启，寇推幼主出曰："去休！"门复阖，而笑声达于户外。幼主出，四顾茫然，正惶急间，牛出诸其侧，相见惊喜，遂寻路归。途遇追者至，牛复任向导，歼其众，而火其庐焉。自是益得主人欢，而义士之名，代阿牛以噪于邑中矣。

作者按：盗匪行劫后，必挟事主偕行，中途复释回，使追者有鼠器之虑，美其名曰"送客"，固非掳人勒赎性质也。

原载《海王》，1935年第7卷第35期。署名：逸

日本明治维新之研究

一、德川幕府

孕育明治维新的母胎,就是德川幕府二百多年的封建制度。帝国主义者侵略中国,日本受了很大的影响,可是,如果日本社会的本身没有经过德川幕府的阶段,则明治维新的运动是不会产生的。

因此之故,我们在讲述明治维新之前,应该先明白什么叫作"德川幕府"。

所谓德川幕府,就是16世纪时,日本的武人支配全国的中央机关。在1600年,德川家康将他的反对派扫灭以后,就由他一手奠定了这个机关。在当时,名义上虽然有朝廷;实际上,日本的主权是在他的掌握之中。朝廷除领有"三万石"的实利而外,一切大权都归于幕府。

德川家康掌握日本的主权之后,即将全国商业的中心地、与外国通商的重要地方,以及著名的矿山等,编入自己直辖的领内,或编为

"亲藩"（德川氏的家族）及"谱代"（德川氏的旧臣）的领土；而将"外样"诸大名（起先反对德川氏而后投降了的），遣至地方，或给与不大重要地方，仍使直接隶属于自己的领内，并且规定诸大名（亲藩、谱代、外样）的妻子都要留在江户（即现今的东京）。而完成他的所谓武家统一的封建原则。

德川家康也像其他封建制度的任何始祖一样，想将自己的优越的地位传给他的子孙后裔，所以，他取了巩固不变的根本原理，制定了所谓"公武法制十八条"的祖法，遗给他的后裔，而造成了德川时代二百余年巩固不变的政治。

家康一面以巩固不变的原理奠定政治，在别一方面，也利用外国贸易，做对"外样"诸大名的经济武装。所以，家康在世的时候，日本的外国贸易，开了史上未有的盛况。1597年，荷兰在日本开始设立了日支贸易社会。1600年，第一次的商品（机器、绢布、天鹅绒等）运到日本的时候，家康便独自地用十万元全部买了下来。并且，还用二百五十石的薪俸，请了航海长亚丹氏（William Adams）做他的炮术、造船、数学的顾问，借以造成幕府一种独特的武力权威。

他对于国内的财政，自然也是非常地剥削。关于这一点，服部之总氏说得十分的明白：

全国收入三千万石之中，幕府约占八百万石，还有营业税、官业收益、长崎贸易上纳金等。并且无论何时，幕府都可以在直辖领内取得收入。

总之，像这样的历史继续了三百年左右，三百年的榨取，已是民穷财尽、怨声载道了。一般人民困苦不堪固不用说，就是诸藩主，也都贫乏极了。到了1835年，跟着将军继嗣问题而起的"黑船"问题发生时，幕府的生命便不能继续下去了。

二、诸藩的贫乏

政府的崩溃，除上述的各种原因外，诸藩的贫乏也是一个重大的原因。明治维新的"尊王党"，即是诸藩的"轻格"武士及"轻格"公卿等所组织成的。他们革命的原因，就是因为诸藩政体的穷乏化。日本开港后的物价腾贵，更给了他们生活的重大打击。于是，由对幕府的不满，终于影响到政治的变化。

封建制度的特征，就是上层剥削下层，被幕府剥削的诸藩，在自己的领土内，也设立许多剥削农民的机关。所谓"五成归公，五成归民"，便是夺取农民生产的半数之意。

在劳动上，人与人的关系规定着无数阶级的主从制度，这是封建生产组织的特色。武士有榨取农民生产的权利，所以，农民对于武士，是属于隶从阶级的。

同样，在武士阶级中，也分作许多层的阶级，最显明的，就是"高格"武士和"轻格"武士的分别。

在德川时代，有"禄百石，养兵三名"的规定，由此可知，当时的情形是怎样的难堪！

所以，诸藩在这种时候，没有办法，亦得四面张罗，于是，一面增加剥削农民的程度,由"五公"而增至"七公",其他方面,便是向商贾重利借贷,以维持目前的现状。结果,更是一年不如一年,一年亏空一年了。所以到了后来,堂堂的藩主,在走投无路的时候,也不得不在隶从身上下手了。这便是名为借用的"半知"(即借用家臣禄石的半数),实在就是没收了。

因此,下级武士的生活十分凄惨,所谓"怨主如敌"的事,便也发生了。跟着幕末的政变,下级武士组织了"尊王党",而幕府诸藩的内部,遂发生根本的动摇。

三、金融资本的发达

据前数节看来,我们知道,德川幕府的崩溃,最大的原因是因为穷乏的结果。但是,为什么会穷乏呢?我们要研究这个问题,除要了解上述幕府的政治外,日本海禁开放后,商业金融资本的勃兴,也必须知道。

日本在海禁开放前,也像中国一样,是一个以农立国的国家。当时制定价值的标准以米为主,即是若干石。如财富或者俸禄,以及国家的赋税,都是以石计数。这种自然经济的封建制度,继续了非常长久的时间,直到家康时代,这制度还没有变更。

"金钱不能当饭吃"!这是当时的一句俗语,很可以证明当时的社会经济情形。因为,一切都是以米为主,在金融资本还未发达的农业时代,金钱没有广大的用途,被人蔑视,乃是当然的。所以,日本在16世纪虽已开始铸造金银货币,还会有这样的事实,也并非无因的。

可是,至17世纪的末叶,这情形便不同了,即是,从此以后,日本的金融资本,有了非常的发展,而在日本的西部,已用货币缴纳赋税,是很显著的例。这时金融货币与米演出了剧烈的斗争,而"米"的自然经济,便渐渐地衰落了。

米的自然经济,为什么会低落呢?这原因,一因西方资本主义东来的影响;另一原因,就是幕府的"改恶"货币,致使投机事业发生,当然要算是最大的关系了。

因为幕府"改恶"货币,民间起过重大的反抗,金融市场也由此混乱了;而江户、大阪、京都等各大都市,遂发生了无数的"两替屋"(兑换店)。于是,由幕府独占的营业,一变而操于诸商人之手,金融货币的价值,遂任商人之意而定了。

日本的商人有十分坚固的团结,所以,幕府到了这个时候,简直无法应付,就是试行处罚的规定,也再不能夺回这种支配金融的权力了,于是,1718年只好另行宣布一种新的法律了。即是政府特许的公开营业,承认了商人营业的权利。

商人获得这胜利后,遂于每夜集于一定的场所,制定次日的货币行情,而对于往来的利息,急速地抬高起来了。

自然,这结果,幕府也是非常的不满意,但是没有办法,直到明治维新前,幕府还没有统治的力量。

金融资本发达的结果,米价猛烈地降落下去了,因此,靠"米"生活的诸藩、武士,以至于农民,更其陷于穷困。不得已,诸藩与武士,亦得以高利息向商人贷借,所谓高利贷,遂由此而长成。

其结果,使诸藩与武士更加穷乏,因商人的团结坚固,不能用武力解决,遂使诸藩不得不向下层阶级加重地剥削,而武士等亦得希望革命了。

所以幕府的崩溃,与其说是由于固定不变的政治原理,不如说是金融资本发达的结果吧。政治的不变,固然是幕府自灭之道,但是如果没有金融资本的发生,也许幕府还能苟延残喘若干年呢。

四、农民的困苦

农民,无疑的,是德川时代基本的民众。幕末的商业虽然相当的发达,但是,还没有走上工业时代的日本,国家的一切富源都是来自农村。因此,当时农村的制度,我们也有知道的必要。就是说,幕府基本的农村,已经完全破产了,如何会没有革命的事情发生呢?

德川时代的农村组织是一种连环性的制度,即是所谓有共同负担缴纳贡税的责任,五人一组,一组中之一人如未缴清贡税,其他四人共同负有责任。同样,举行诉讼或为被告,也是共同受罚。且不但如此,五人组的邻家也有同样责任,再扩大而至于全村,也是这样。所以,全农村不能有一人犯罪,有则全农村都有责任了。

农村中有所谓"名主"者,这是依照地方情形,由全村选出或由地方官任命的。他管理全村事务,例如征收赋税、斟别土地的良否与登录死亡与出生等事,或裁判农村中的小纠纷。

农民耕作的土地属于领主。因此,对于农产物,领主也有收入与处置的权力,所谓由"五公"而增至"七公",即是这权力的表现。农民在缴纳贡税之后,剩下来的已不能温饱,为了不能忍受这种残酷的剥削,抛弃了犁锄跑到都市里去的农民,在幕末时代是常有的事。

农家对于耕作的土地虽没有主权,但在耕作十五年(也有二十年的)以上的,得享永远借耕的权利,可以传至于其子孙,领主不能夺回。

土地严禁买卖,幕府的法律,卖土地的人捕投入狱(如果本人在刑期中死去了,由其子孙代替);买土地的人,也要遭受罚金和没收土地的处罚(如这时本人死了,亦由其子孙替代)。不但如此,即分割土地的事,也都严禁。在有一町步以下的农家,于死后,诸子不得分享权利,所有一切的土地概归长男所有。因此土地可以完整不至于分割了。

在生产的过程方面,农民有完全的自由。农民在狭小的土地上可以自由地做事,但不能延过时期,且必须遵守缴纳贡税的条件。否则,如上所说,全村都有责任了。

因此幕末赋税增至"七公"的结果,以及受金融资本发达的影响关系,农民简直不能生活了。幕末的农村完全陷于破产的状态和农民的罢作等等,造成了明治维新的主因。

五、陂里的"黑船"

上面所说,都是关于幕府的内政问题;现在,再将外交的事说一说,以完成明治维新由来的全貌。

18世纪的末叶,欧罗巴资本主义及美国资本主义,由侵略中国胜利的余威，随着太平洋的海浪，侵袭到日本来了。北方的俄国，经过西北利亚，也向日本进行威吓，使日本全国陷于恐慌之中，感着闭关主义之不可能了。1786年林子平著《三国通览》便是叙述这些的危险性的。另有许多冒险游欧回来的人，也都著书排斥闭关主义的失策。可是，虽然这样，幕府的顽固仍然不改，对于各国的要求通商依然拒绝，至使后来各国不能不诉之于武力了。

1808年，英国的军舰Phanton号突然侵入长崎，使幕府狼狈不堪。可是，在幕府的官吏还没有想到对付的方法之前，英国的军舰已经自由地出港去了。像这样的事，以后常常发现，日本的统治者徒然饱受恐慌罢了。19世纪中叶，以琉球为根据地的法国，也来向日本进攻了。1844年及1852年，荷兰国王曾两次致函于"将军"解释外国的事情。

关于这方面，最可注意的是美国。这是一个新兴的资本主义国家，它为了世界商场如印度等已都被英法等国分割完尽，遂不能不谋确立自己在太平洋的地位，而想取得日本和中国了。所以，美国的船舶常常驶到日本的近海来。在华盛顿方面，也常有启发这秘库的计谋。1844年，美国政府对于派往中国的外交官，准许他有与日本缔结和中国同样条约的权限。但是，这企图并未成功。1846年，美国第二次派外交官往日本交涉的结果，日本给美国一封不署名也无月日的回信，而要求即刻退出并不许再来。三年后，美政府派古林往救被监禁的水夫等，算是成功了。但古林等回本国后，力说非诉之于武力，日本不能开港。因此，1853年6月，美国遂派了陂理（Commodore Perry）统领舰队四只，赴日本递呈国书，要求通商。于是江户附近的贺浦港，遂有了陂理的"黑船"出现。

自然，这结果，日本全国都动摇了。就是对于陂理送来美大总统的信，幕府也无法应付，且在美资本主义的大炮威吓下，已不能像过去的那样敷衍了事。将军家庆因感着此事的棘手，于是不得已打破了德川家二百余年的习惯，召集了诸侯会议，但是，因为意见分驰，没有结果。诸侯多主张战，而幕府自知空虚，不敢力抗，遂与陂里约，定于明年回答。是时，陂里也觉得没有逼迫"将军"回答的必要。遂决定来春再渡访日，率领舰队到中国去了。

陂里去后，日本国内的情形陷于非常的险恶，社会动摇到了极点，当时的政治家也不知如何处置。并且，约与陂里同时，俄罗斯的水师提督普家金（Poutiatine）也在长崎出现，要求日俄间通商，并且监视美国的行动。法国的军舰 Coustantine 也在日本近海来往，等待机会。

翌年一月十五日，陂里重来，强迫定了条约，即开下田函馆为商港。

1856 年 6 月 19 日，驻日美领事哈列斯（Townsend Harris），续与日本缔结了通商条约，即日本开下田箱馆以外六港（神奈川、长崎、新泻、兵库、大阪及江户）为通商口岸，并承认美国的治外法权、信仰自由，及关税的限制等。因此之故，幕府两百余年的锁国历史遂告终结。在美国之后，与日本订条约的，有英、法、德、俄及荷兰等国。

至此日本遂成了如今日中国一样的半殖民地的国家，而登上了世界的舞台。

六、王政复古

自幕府和美国订约后,日本全国遂陷于混乱的状态了。幕府的无力和反幕派势力的膨胀,形成了当时非常的局面。为了避免战争危险的原故,幕府不能不和各国资本主义订下条约。到了这时,受了朝廷方面的反对,不但不批准条约,并且利用幕府的失败,集合反幕的势力(如封建领主萨摩、长州等),而高唱"尊王攘夷"之说。另一方面,终年辛劳而不得一饱的农民,也起来反抗;都市的贫民,也有了暴动的示威;商业的资本家,也在要求资本主义的改造了。1858年,将军家定死,继嗣的不是贤明的一桥庆喜,而是一个不懂人事、年纪未满十三岁的家茂,使幕府内部分岐。1866年,孝明天皇崩,明治天皇即位了,因此,京都方面的实权,移于更进一步的大名与武士(木户、大久保、伊藤、井上、西乡、山县、板桓等)的手里了。他们是有了觉悟的,即是了解这时救济日本唯一的方法,只有迅速地将自己欧化。因此舆论一度,即由"攘夷"而变成了"开化",着着进行"明治维新"的准备了。

1867年,土佐藩主山内容堂劝告庆喜奉还大政,是为"王政复古"。庆喜是个懦弱无能的人,当时的外交又穷于应付(1860年以后,常有杀伤外人的事,英美等国的大炮常有要求赔偿举行示威等事),自觉与其使幕府接近死期,不如自己让步,遂于11月奉还了大政。12月9日,朝廷遂宣布"王政复古"了。幕府于是寿终。

但是，庆喜的打算是错了，即是新政府的组织，亦有萨摩、长州及土佐(反幕派的"外样"诸大名)的代表参加，德川家一个人也没有，并且，新政的施政方针，公然对德川家表示敌意。

因此，庆喜在失望的抱憾下，集合对新政府不满的人物到大阪去示威。但是，幕府两百余年的威势已失，这时响应无人，诸藩对此均取观望的态度；而大商业的资本家，如担任侵略满洲军费的三井等，都加入帮助新政府。所以，当庆喜武装进攻时，萨摩与长州守备着京都，在伏见附近攻打了三日，幕府方面失败，结果，庆喜降服了。

1868年5月，德川方面的大名、武士、官吏等，因想保持旧有的地位，不肯轻易投降，他们在上野起事。但是，一经镇压，到了9月也就平静无事。

武装起事的最后一次，是德川方面的海军副总裁扰本武杨等的反抗。他总率几艘军舰，逃往品川湾，集合各藩的败兵占据北海道，组织独立共和国，但仍旧失败了。

至此，全国纷乱的局面，遂告平静。

七、版籍奉还与废藩置县

1868年，即宣布"王政复古"后，新政府在三职八局[注]的组织下，一面平定内乱，一面宣布治国的基本方针。1868年，即明治元年三月十四日，天皇在紫宸殿宣读了以下的"五条誓文"：

（一）广兴会议，万机决于公论。

（二）上下一心，以盛行经纶。

（三）文武一途，下及庶民，使各遂其志。

（四）破除恶习，从天地之公道。

（五）求智识于世界，以振皇基。

同年七月，并下诏迁都江户，定名为东京，称京都为西京，一直到现今未改。

但是，此时行政还未统一，全国的局面，仍是诸藩割据，所以，诸大臣如大久保通利等颇以为忧，遂以岁收百分之十的年俸与他们交换，劝他们抛弃封建的权利。同时，诸大名因为于己有利，明治二年正月，萨摩、长门、土佐、肥前四藩，最初奉还版籍；（就是对土地与人民奉还朝廷之意）其他二百余藩，也都照样陆续奉还了版籍。这样一来，日本就成为一个统一的国家了。

明治四年七月十四日，始由天皇发令，废藩置县，统一全国的行政。

[注] 三职八局即总裁、议定、参与三职，总裁局、神祇、内国、军防、外国、会计、刑法八局①。

八、三大改革

废藩置县以后，新政府即进行各种改革。据史家的统计，这次改

---

①另有制度为底本所缺。

革的事竟达二百余件之多,由此可以知道,日本明治维新亦决不是容易的事了。

在这许多改革之中,有三件最重要的事,不能不在此提出来说一说。

(一)思想的解放

明治元年三月四日的五条誓文并非空言,日人根据"求智识于世界,以振皇基"一条,注重学术的研究,的确对思想解放了。明治维新后,如自然主义文学的发达,科学猛烈的进步,以及今日社会科学、艺术的完备等,很明显的,都是明治维新解放思想的效果。

由此,我们可以知道,明治维新的根基就是思想的解放。因为,要求民族的兴起、学术的发达、革新事业的猛进,非先有思想的解放不可。思想的解放,是日本自新之路!

(二)开发全国的交通

废藩置县后,新政府进行开发全国海陆的交通可谓不遗余力了。明治六年(即1873年),政府为了内债无法再发展,在伦敦为开发矿山建造铁道所发出的外国新公债,竟至10833600圆,由此可以知道当时日人对于交通开发的努力了。

交通的开发,与新政府有非常重大的关系。日本原是一个多山的岛国,德川两百余年的封建制度,更是造成了割据的局面,所以,诸藩虽然奉还了版籍,德川封建的旧势力还深深地埋在全国,新政府努力交通的开发,一则方便全国的行政,但实际是根本地铲除了德川封建的旧势力和建造了今日资本帝国主义的根基。

(三)实行征兵制

维新以后,新政府即抱全国皆兵的主义,明治三年十一月,制定征兵规则,凡国民皆须服务兵役三年。四年二月召集萨摩、长州、土佐三藩的军队于东京,称为"御亲兵";并选沿海的渔夫子弟创立水兵制,是为今日日本海军的创始。

由此,日本有了强大的武力,作为资本帝国主义的后备军,侵略弱小民族的先锋队。

九、解决了的问题

"明治维新,决不是一个晴天霹雳",明治维新是由于内则有二百余年德川封建的政治,外则有诸资本帝国主义的侵略,是由各种客观环境造成的。换句话说,也就是半殖民地化的日本,在许多矛盾的问题中得了一条解决的出路。

明治维新以后,对于前章所说的诸问题,是怎样地解决了呢?我们对此有简单说明几句的必要。

废藩置县以后,新政府进行改革,当时举办的事,虽有两百余件之多,但在实际上不过是这些:准散发脱刀,废"秽多""非人"等贱民之称,许可华族士族平民婚娶,许可平民穿裙裾,颁布学制,创立国家银行,开博览会,设置警察,废阴历用阳历,行征兵制,严禁复仇,许可与外人结婚,许可华族士族职业之自由。从这些改革看来,我们知道,新政府所走的路,是跟在西欧资本主义的后面,以满足商业资本家的要求,使日本走上了资本主义的道路,这是从新政府的设施,可以看得出的。如像废藩置县后的努力开发交通、发行许多公债、"秽多""非人"身分的撤废、职业解放等,都是满足了资本帝国主义发达的先决条件。因为,若不如此,便不能达到商业资本帝国主义的目的,所以,新政府的各种改革,与其说是维新的勋绩,不如说是非如此不可的道路吧。

反之,对于农民问题,不但是没有满足其要求,而且根本就没有给与任何的解决,上层的政治虽然有了非常重大变化的明治维新,可是,对于农业统治上的组织,丝毫也没有变革。明治元年八月新政府的布告,也不过是"租税姑且袭用旧例"罢了。

自此以后,虽也有不少的改革,如像"地租改正""纳税制""土地买卖解禁"等,但是,除了满足近代资本主义的要求之外,农民没有得着半点的好处。过去三百年间"五公"乃至"七公"过重的年贡制度,直到明治六年至九年的地租改正,并没有怎样的变化,这是因为一切的改革,只是上层的部分而已,我们看下面的图表,当更能明白。

在总收获中,国家、地主、小作(农民)所取得的比例

	国家	地主	小作	合计
A. "五公五民"物纳租税下的比例	50.0	18.0	32.0	100
B. 因地租改正固定化的比例	25.5	42.5	32.0	100
C. 十年——十四年平均米价换算的比例	17.0	51.0	32.0	100

因为这样,所以明治维新后的农民常有暴动的事,加之当时连年天灾,农产物毫无收获,致使农民再不能忍受而起来暴动了。关于这件事,田村荣即的《日本农民一揆录》,土屋乔雄的《明治维新农民骚扰录》等书,说得很详细。

但是,因为农民的无组织,政府镇压的结果,终于渐渐地平静了

下去。这是由于年贡的百分率稍有改变,以及工业资本主义的发达,吸收了数百万的农民进了工厂里去,而得到了暂时解决的必然现象。

这就是明治维新所解决的内政问题。

至于外交问题,因为当时各先进资本主义国的拒绝,并无如何改善的成绩,而日本真实脱离各先进的支配压迫,是在中日、日俄战争以后的事,在这里可以略去不述了。

十、立宪政治的确立

日本政府根据五条誓文,在明治八年,设立"元老院"开"地方官会议"以后,因为征韩问题,发生了新兴资产阶级与封建制度的冲突所造成的熊本之乱以后,国会很久没有开了。明治十四年天皇下诏,定于明治二十三年(1881年)[1]大开议会,于是,政府于明治十五年派伊藤博文赴欧调查各国宪法制度,十七年于宫中设立"制度取调局",以博文为长官,起草宪法及其他的法律。次年(1885年),朝廷大改中央政府的官制,内阁大臣以下设置各省大臣,伊藤博文为内阁总理大臣,二十一年,最高顾问府设立枢密院。于是各种准备都告完整了。

二十二年(1889年),在纪元节祝日颁布《大日本帝国宪法》及《皇室典范》。次年(1890年)十一月,开初次帝国会议,确立立宪政体。至此,日本遂成了一个近代的新兴资本帝国主义的国家了。

原载《复旦学报》,1935年第1期。署名:谢六逸

---

[1]明治二十三年为1890年,1881年为明治十四年。

《立报·言林》开场白

本报的标语有一句是"五分钟能知天下事"。因此我的开场白只能花费阅者五秒钟。小型报跟短文章,现在很流行,这是因为大众很需要它们的原故。现代人过着劳苦挣扎的生活,只能够看看小型报跟短文章。报纸面积小,小中可以见大。文章不怕短,短中可以见长。篇幅虽然紧缩,品质却已增高,这就是我们的希望。这块草地,从今天起开放,凡对人生社会百般问题喜欢开口的人,都请到这里来谈天。

原载《立报》副刊《言林》,1935年9月20日(创刊号)。署名:谢六逸

蝶　螺

郭沫若君蛰居日本，久未得见他的散文。近发表一篇《浪花十日》(《文学》七月号)，文笔依然清丽。文中记八月一日有云："以蝶螈作壶烧。所谓壶烧者即将活的蝶螈，连壳在火上炮烙之。"蝶螈实系"蝶螺"的笔误。

蝶螈即水蜥，俗呼为"水四脚蛇"的便是，尚未见有人列入食谱。蝶螺属于贝类，壳外有棘状物，长短参差，甚可爱玩；壳的里面，放莹洁的光泽，可磨作纽扣。所谓"蝶螺的壶烧"者，系将肉自壳内取出切碎，和以蔬菜，复装进壳内，加酱油砂糖，连壳放回炭火上煨食。这是日本江之岛的特产，从前居东时，每游其地，常食此品。

由此想到"多识草木鸟兽之名"这一句话，对于写文章也许是有用的。法国写实主义作家弗劳贝尔描写植物时，尝写信去请教植物学者；写到鹦鹉时又将杀制的标本放在桌上，细心周到，所以有那样的成就。中国作家写到植物恐怕只知道有梧桐、芭蕉、荷花之类，写动物亦只限于犬猫牛羊，题材窄狭□在自是意中事。

原载《立报》副刊《言林》，1935年9月21日。署名：宏徒

社中偶记(一)

今天到社,时间甚早,编辑室内出乎意外的静寂,且让我坐了下来,胡写几句。

在筹备期间,尝发出七十多封信征求稿件,可是有许多作家,或因不明白他的通信处,或因不知道他的真姓名,因此都不及发信。请柬虽有漏落,不速之客忽然光临,却是最最有趣味的事。因此我希望没有接到征稿信的,也肯寄几篇短文给我们发表。

现在本刊地位有限,即使是小品文字,稍微长一点就登不下,所以"小小品"最为欢迎,例如短言、游记、日记、小诗、隽语等。形式不妨新奇,内容切勿空泛。请远近各地的作家依此标准,多多惠稿。

原载《立报》副刊《言林》,1935年9月25日。署名:宏徒

社中偶记(二)

文章虽短而意味深长,既有蜜也有刺,这就是陈子展先生所说的"言林体",但这种形式的文章实在不易写得好。最近郭沫若先生来信说:"目前因为翻译一部大东西,弄得颇有点筋疲力尽。短文章实在比长文章难做,因须短而好,实是文章之结晶体。以后有得一定奉上。"茅盾先生也来信说:"《立报》出版后已阅读。这是小型的报纸,生面别开,甚有意义,委嘱作稿,俟有题时当即写奉。盖小品文最难得题也。想荷亮察。"我对于他们的意思都有同感。这两位小说家也是写短文章的好手,郭氏的《山中杂记》,茅盾的《散文集》与《话匣子》,尽有许多尖锐的作品,富有艺术价值,投稿诸君不妨用作参证。

今年是新闻界的厄年,我们姑且这么说吧。

国内死了戈公振,美国死了瓦尔特·维廉氏,日本死了千叶龟雄。前几天的《字林西报》,又登载美国新闻学家布勒尔(W·G·Bleyer)逝世的消息,如此丧钟频敲,全是学术文化的损失。

布勒尔曾任威斯康辛大学新闻学系主任,主要的著作有《新闻写作与编辑》《新闻文的形式》《特写文怎样写作》等几种。据梁士纯先生说，《新闻写作与编辑》一书，燕大曾采用作为课本，我一向也指定此书给复旦的学生作为课外主要参考书。出版的年代虽久，可是后来出版的书还没有怎样出色的。他的《特写文怎样写作》成于1919年8月，积十二年教学经验，写成这本空前的著作。内容分作两部分，上篇讲理论，下篇举名著为例，是理论与实际双方兼顾的教本。

国内对于新闻事业富有经验的人并不是没有，不过你要他们将自己的经验，有组织有系统地说了出来，就很为难了。所以威廉氏、布勒尔、赫德诸人，只能在美国出现。

原载《立报》副刊《言林》，1935年11月5日。署名：谢六逸

社中偶记（三）

今天是大除夕，《言林》和读者见面，已有百余次了。当初我们的计划，只想多登几篇"平淡"的文章，给大家看看。后来，时代的波涛越来越汹涌，不提笔则已，一提笔就不免要触及"现实"，虽欲保持"平淡"，已不可能，终于走向"辛辣"方面，这真是始料所不及的。

《言林》产生只有三个多月，从各地寄来的信函和投稿，倒也不少；有的鼓励我们，有的提供意见。《言林》有了这许多亲切的读者，我们应当感谢，今后只有努力奋发，以副读者的期望。

从元旦起，我们想把本栏的内容略为扩充。除纯文艺之外，特约社会科学、自然科学专家，用散文的笔调，为我们解说许多新知，这种文章，想来读者一定乐于接受的。

本栏向来公开，极欢迎外稿，这里再郑重声明一下。

原载《立报》副刊《言林》，1935年12月31日。署名：六逸

忆戈公振氏

公振的死是我国新闻事业与新闻教育的一个重大损失。他的为人极富热诚,办事不辞艰辛;研究学问,肯下刻苦工夫,实在是大家的一个好模范。

有一次我和他谈到中国新闻教育,他便叹息摇头,一面批评我国报纸的缺点,一面劝我把复旦的新闻学系扩张充实起来。我约他到学校讲演,他对学生说的话有这么几句:

理想的政治记者,应该研究的是历史、地理、法律、国民经济、统计学和外国语。

理想的商业记者,应该研究的,是国民经济及统计学、地理、法律和英语。

理想的省报或地方报的记者,应该研究的是历史、地理、国际公法、国民经济、统计学和特殊的法律。

理想的文艺记者,应该研究的,是哲学、历史和本国文学等。

我以为这是新闻记者的座右铭。

像公振这样一个有专长、有热情的人,他在生前,中国的新闻界没有谁肯让他发展所长,甚至于有人说新闻学是不值得称作学问的,不值得研究的。现在他死了,虽然假装流泪,又有何补益呢?

原载《立报》副刊《言林》,1935年10月25日。署名:六逸

文墨余谈：因为戈公振的逝世

因为戈公振的逝世，我想起了最近日本死了的千叶龟雄。千叶氏也是有名的集纳主义者，有许多有价值的遗作。例如《近代思想与集纳主义》《现代日本新闻之趋势》《新闻小说论》《现代杂志的趋势与记事的推移》等篇，均见于"集纳主义讲座"。

他对于现代文学也很有研究，曾努力介绍弱小民族的文艺思潮。如《现代世界文学概观》（有中译本）、《现代波兰文学》《现代捷克文学》、《现代犹太文学》、《现代巴尔干半岛文学》、《现代希腊文学》等篇，见于新潮社的"世界文学讲座"。

他曾任东京《日日新闻》学艺部长与编辑顾问。生在1878年，山形县酒田村人氏。曾学于早稻田大学历史科，中途退学。

他是日本有数的新闻学者与文艺评论家，我们对于他的逝世，十分惋惜。

原载《立报》副刊《言林》，1935年10月29日。署名：六逸

文墨余谈：目前坊间出版的书籍

目前坊间出版的书籍，对于装潢不甚讲究。我以为这是不应该的。所谓装潢，并不含着奢华的意味。装潢的优美，足以引起读书的兴趣。如果书籍的内容好，装潢又富于艺术的色彩，那就相得益彰，真令人有不忍释卷之感了。

英美书的装潢大都是整齐划一的，硬面金脊，殊少变化。德法文的书籍，常用轻便装，或用玻璃纸包裹。日本书的装潢最讲究，每一册书，必出于美术家的意匠。又善利用土产的粗纸或粗布，作成封面。我所有的谷崎润一郎的《盲目物语》，就是用国栖村乡人手制的纸装潢的；还有他的《摄影随笔》，甚至用我们所称的马粪纸来作封面，因为出于艺术家的意匠，一点不觉得有什么粗俗，反而朴质可爱。

或者有人要说，目前连读书也成问题，何暇计较装潢。其实不然，现在坊间的书籍即使卖半价，书贾还要赚进四五成。照目前各种书籍的定价说，我们买书的人当然有权要求装潢的优美。

我所说的装潢，既不含丝毫奢侈的意味，国产的纸类都可以选择出来,供印刷书籍或作装潢之用,若用洋纸或摩洛哥皮来作装潢,那才是奢侈,就非我的本意。

一折八扣的书诚然便宜,然而错讹太多,装潢恶俗。我们希望将书价定得太高的书贾,尽量利用国产纸张,考究装潢,减低定价;同时希望卖一折八扣的,也不可过于蹂躏先贤的心血,而将许多名著看得跟《施公案》《济公传》一般,十斤百斤的用秤称了出售。

原载《立报》副刊《言林》,1935 年 10 月 31 日。署名:谢六逸

作家语录

★人类的最高价值,在于人类的本身,如使地球有价值,应先使人类有价值。(法国 A·法朗士)

★在现代,无论如何,人类全体的连带责任,都放在我们的双肩上。(法国 A·巴比塞)

★一切艺术作品,只有在被人理解时,才可以称为艺术作品。(俄国 托尔斯泰)

★精神文化的问题,是与军事问题不同的,不能用机械的力量解决。艺术的创造,需要自由与各种各样的倾向。(俄国 布哈林)

原载《立报》副刊《言林》,1935年11月8日。署名:毅纯

托尔斯泰逝世二十五年

本月七日,是俄国文豪托尔斯泰逝世的纪念日。

我们读了托氏的著作,就知道文学是有用的。他的作品,对于俄国民众的教养,有很大的效果。假使俄国没有托尔斯泰这一般文学家,俄国的民众能否觉醒,还是问题。所以苏俄的革命,托尔斯泰间接地尽了责任的。

托氏的作品是广义的"人生教科书",指示了人生的理想,所以有用。

在中国,因为没有伟大的普遍的著作,因此一部分人主张"文学无用",一部分人便提倡读经。

原载《立报》副刊《言林》,1935年11月9日。署名:六逸

寓　言

读法国作家赖纳（《红萝卜须》的作者）的随笔,有一段是说到"猫"的。

我的猫不吃老鼠,好像无意于吃这种东西。即使捉到老鼠,只把它当作玩具。

玩够之后,又释放了。走到别处,卷起尾巴坐下,装出无罪无过的一副面孔,耽于空想。

可是老鼠受了爪伤,终于死了。

如将老鼠比拟"人"真是不伦不类,而且也不应该,然而有什么更切贴的比拟没有呢？

原载《立报》副刊《言林》,1935 年 11 月 26 日。署名:谢六逸

诗一首:一个阿斗亡蜀汉

一个阿斗亡蜀汉,
何况阿斗四万万。
若道中华国不忘,
除非阿斗起来干。

原载《立报》副刊《言林》,1935年12月2日。署名:大牛

也是诗一首
——和大牛

派我阿斗随你便,

派谁诸葛给我看?

想要做个真孔明,

至少也该出把汗。

原载《立报》副刊《言林》,1935年12月4日。署名:小牛

诗一首：要干尽管出头干

要干尽管出头干，
"埋头苦干"我听惯。
大家心里不饶人：
谁是汉奸谁好汉？

原载《立报》副刊《言林》，1935年12月6日。署名：大牛

爱国无罪

昨天遇着一位从北平来的朋友，我对他提出一个问题："北平的学生在虎口里怎么能够示威游行？"他的回答令我诧异，他说："那是因为北平的指导学生的'机关'，都被迫撤消的原故。"

《儒林外史》第廿五回，有形容读书人的两句话，说是"拿不得轻，负不得重"。那么，请问学生要表示一点爱国的热诚，除了游行示威之外，还有什么办法呢？

原载《立报》副刊《言林》，1935年12月18日。署名：中牛

水龙吟

水龙:
"大刀仁兄你可好?
万里长城靠你保。
掉转刀口对学生,
未免大刀小用了!"
大刀:
"水龙先生你晓得,
天下乌鸦一样黑。
难道你也没心肝?
喷出冷水冲热血!"

原载《立报》副刊《言林》,1935年12月25日。署名:牛

"请愿"归来

马相伯老人劝勉复旦的学生,要他们多做唤醒民众的工作,这种意见我是赞成的。这般学生沿途遇着许多阻拦,只能到达无锡。火车没有司机,他们便自己开动;路轨拆除,他们自己修复,坐着"牛步化"的火车,实行"牛步化"的请愿。

请愿虽未达到目的,可是这五天的努力,已经唤起沿途民众的注意了。所以"请愿"也就是"唤醒民众"。

不过"请愿"只是一种手段,可一而不可再。今番归来以后,还得依照马相伯老人的话,脚踏实地,另觅有效的方法,去努力"唤醒民众",才对啊!

原载《立报》副刊《言林》,1935年12月30日。署名:牛

"盘肠大战"

有一位周文先生在《文学》杂志五卷六期发表一篇小说，题目是《山坡上》。原稿经编辑先生删去一段，作者认为删得不当，便写了一封信给编者，提出抗议，吩咐他将删去的一段，连信一起在新年号刊载出来。昨夜无事，便将原作删去的部分看过一遍。在第三者的眼光看去，编者的删削，是很合理的。然而作者周文先生，也自有他的苦心。

这被删去的一段，其中写到兵大爷王大胜在战场上受了伤，连肚肠也流出来了，还能跟敌人打架。原文写着："忽然那儿肚子发出'噗'的一声，两个都一下子泥菩萨似的呆住了。李占魁赶快扫过眼光去，王大胜也赶快翘起脸来射过眼光去，就看见王大胜的肚皮上裂开长长一条口，一条卷着的花花绿绿的肠子就从那儿带着黑色的血液挤了出来，对着明月的惨淡光辉在圆条条地闪光，血水流了出来，在伤口两边的黄皮肤上流了四五条黑色的小沟，滴在草地上。"作者这样描写"盘肠"之后，跟着就描写"大战"了。原文是："李占魁忽然感到一阵剋敌的痛快。王大胜的三角脸立刻惨变,两眼喷火,抓着李占魁的右手就往口里送,牙齿咬在手臂上;李占魁的左手按在草地上,动不得,便翘起右脚尖来准备踢去,就在这一刹那,王大胜忽然惨叫一声,就昏了过去。"

编者删削原作的理由,可看《文学》新年号的《经验理论和实践》一文。其中有几句说得好:"作者为要显出王大胜之'强',就不恤叫他变成一只虾蟆,直到肚肠流出来还会跟人打架,这就是概念损坏了形象。我们彼此都没有过流肚肠的经验,关于这一点似乎是有口难辩的,但以常识推测,王大胜已快到肚肠流出的时候,说他居然还能和李占魁翻来覆去地打那么几个回合,及到他肚肠流出之后,又说他还能把李占魁的手咬住,还能跟敌人抵抗,这样的描写,总不免要使人想起了一部什么旧小说里的'罗通盘肠大战'的奇迹!"

"罗通盘肠大战"这出好戏,我在年幼时很喜欢看它,那时幼小的心里,也颇怀疑那扮演罗通的人,他的肚肠已经挂在铠甲之外,为什么还能在台上"混战"数个回合呢?后来问了长辈,才知道那是假的,做戏的人买了一副猪肚肠,系在铠甲上,并涂上鸡血,所以看去很像真的模样。舞台上要表演"盘肠大战"就得借用猪肚肠。那么写小说写到"盘肠大战"何以不能借用"神勇",写他为一个当代"罗通"呢?作者周文先生的苦心,也就可想而知了。

我无意于幽默,也不愿多管闲事;不过这是一个关于作品的技巧问题,很可以引起大家的讨论的。如阅者以为我多事,就不妨当作我的"新年怀旧录"看吧。

原载《立报》副刊《言林》,1936年1月7日。署名:中牛

有不为斋夜谈记

吃得"四大皆空"之后,斋主林语堂邀我进他的"有不为斋"里去谈天,他出示近来的爱读书,是一部长篇小说,书名叫作《欧罗巴》。我正在翻看这本书,忽然听得门铃响处,一会儿走进一人。此人中等身材,两道浓眉,肤色微带赭色,看去令人有稳重结实之感。语堂为我介绍,"这位就是大华烈士",我说"闻名不如见面",烈士接着就说:"即使见面,不过如此。"大家从新落座,空气忽然有些紧张,也不知道是什么原故。不料此公开口以后,并不讨论怎样救国,只来一套"幼稚园派"的戏法,引得合座大笑。大家"开心"之后,谈话便越来越投机了。如像一品夫人写"京话",立法老爷办"逸经"一类的话题,都能畅谈无阻。后来谈起抗日问题,语堂大师说:"如抗日我必投军,我一切不怕,只恐夜间脚冷失眠。"大华烈士说:"这有何难,只要环境一变,什么苦都能吃了。从前我在西北军中,曾受五重压迫,就是臭虫、蚊子、苍蝇、虱子、跳蚤。那般行伍出身的,起初看不起我们文人,以为文人焉能吃苦。禁不得我苦干到底,他们终于佩服了。"这一晚的谈话,幽默处幽默,激昂时激昂,此是"有不为斋"中主客令人可爱处。

原载《立报》副刊《言林》,1936年1月25日。署名:中牛

谈"本位文化"

去年有一般人高谈"本位文化",以为读经便可救国,到了今年,倡"本位文化"救国说的人都改营别项生意去了。"经"仍然是"经",国仍是不能得救。

这两天过旧历新年,马路上家家闭户,桃符换新;爆竹锣鼓,吵成一片;"添丁发财"之声,不绝于口。看了这些景象,觉得"本位文化"已算发达。

我不喜戴铜盆帽,因其非"本位文化"也。但是每年到了换季时,又非买一顶铜盆帽不可,心中老大不愿意。其实每年我总想买一顶中式便帽。——略加注释,就是玄色缎子做的瓜皮小帽,其上有一小红结子。如戴此帽,则符合"本位文化"了。但拙荆大不赞成,以为不管是否"本位文化",人既胖而头又大,戴此小帽,终觉不伦不类,不若仍戴铜盆帽为宜。即使不戴铜盆帽,何不购俄式皮帽一顶,虽不十分像"……诺夫",但也类似"……斯基"。我妻虽说了几次,但我以为离"本位文化"太远,我亦不便采纳。

我在前年喜穿西装裤、黄皮鞋,在冷天,鞋上且罩以"脚包",上衣则中式长袍、对襟马褂,头上又是铜盆帽,以为颇合"中学为体,西学为用"之意。后来拙荆以为此不中不西也,何不完全欧化,穿整套西装,外穿大衣,再戴上俄式皮帽,则俨然"西洋文化"矣。但我又是林语堂的同志,斥穿西服者为套"狗领",故仍不便采纳。因此之故,我个人上身"本位文化",下身"西洋文化"者有数年。

　　今年又发奇想,穿了丝棉裤,颇思将裤脚管扎起,以防寒气侵入,且符合"本位文化"。可惜只扎了一次,拙荆又提抗议,以为如此"灯笼裤脚",殊属不成体统,于是只得取消。

　　我欲实现"本位文化","实践上"已有若干次。我欲采用"西洋文化",以补救我之所谓"本位文化","在理论上",也有若干次。但对我个人终于毫无益处;对于国家社会,更谈不到。

　　我提倡"本位文化",幸而只在我个人身上。如肯将此主张"高调"一下,便可欺世盗名,不难弄得一官半职。但我是笨拙一流,试思妻孥尚不愿欺骗,安敢骗世人耶?

原载《立报》副刊《言林》,1936年1月27日。署名:中牛

谈"敲锣鼓"

过旧历新年,敲锣鼓、玩掼炮,不能不说是有意义的游戏。昨夜我在马路上看见七八个身穿蓝布长衫的人,手里都拿着锣鼓或者别的乐器,大摇大摆地在马路上敲,脸上颇有喜色。同时也有许多商店的店员在玩"掼炮",掼得响声不绝。

我想这些在平时埋头工作的人,极不易得着游戏的机会,有的在平时还得受资本家或者老板娘的气,好容易盼到新年到来,他们借此佳节,可以敲锣鼓、玩掼炮。平时所受的许多闷气,到了此时,借了"敲""掼"的力量,可以略为发泄一下。如果此时不"敲"不"掼",旧历新年一过,又得饱受那种鸟气,所以此时非大"敲"大"掼"不可。

中国人的感情,受了几千年来的压制,弄得麻木不仁,该笑的时候不敢笑,该哭的时候不敢哭。大家的脸上,常现出一种哭笑皆非的表情。我们要让热烈的情感随时泄露出来,在可笑或者可哭的时候,我们一点也不要放松。

过旧历新年,敲锣鼓、玩掼炮,都是有意义的游戏,我们不能轻视它。现在旧历新年过去了,到了明年此时,我们再来"敲",再来"掼"。

如说过旧历新年有意义,它的意义就是如此。

原载《立报》副刊《言林》,1936 年 1 月 30 日。署名:中牛

墨晶眼镜

去年北方成立什么委员会时,有一张照相登在画报上面,友人某君看了那照相,便指着说:"你瞧,这上面没有一个像人形的。"我仔细一看,果然不错,而且有几个戴上"墨晶眼镜"。今天我走在路上,又见一个戴墨晶眼镜的人,因此想起了墨晶眼镜。

我向来对于"墨晶眼镜"抱着敌意。据我看来,非戴上墨晶眼镜不可的人,共有三种。一种是害了眼病,怕见"太阳"光的;一种是新嫁娘,怕别人注目;一种心怀鬼胎,不敢正视,或者要瞟女人,怕被旁人觉察。在这三种理由之外,还要戴上一副漆墨的眼镜,那就是表示装瞎的意思。

这种眼镜的用处甚多,历来我国办政治、外交的"大员",最喜欢戴用,其理由也就不难索解了。

原载《立报》副刊《言林》,1936年2月5日。署名:中牛

"开学"之后

旧历元宵节前后,上海各大学都开学了。这个时节,从内地来的学生,他们都带了足敷半年使用的学膳等费同来。他们的父兄,有的是地主,有的是商人,所以能供给子弟到上海来进大学。可是这个年头依靠收租度日的人,已经不甚容易了。在旧历年底,虽可勉强渡过"年关",但开学期近,做父兄的又得筹备子弟的"学费",这是仅次于"年关"的另一难关呵!

携带学费到上海来求学的人,据我看来,可以分作两派:一派是报名缴费之后,算是加入了一个集团,借了集团的力量,可以做救国的工作。这一派学生,他们的热诚几乎达到顶点,差一点告别家庭之时,要请他们的老母亲在背上刺了"收复失地"四个大字。

另有一派,到了上海,"报名缴费"之后,他们诚心诚意地"住在学校"里,等候文凭降下。因为他离开家庭时,也许他们的母亲对他们说:"儿呵!此去休管闲事,读书成名,最是要紧,他日考得一官半职,也好荣宗耀祖。"这几句话永远铭刻在他们的心上。

这两派人,谁能说他们不是含着人世的苦辛呢?

在我们的国度里,救国必须"照章缴费",求职业也必须"兑换文凭"。这是多么的矛盾啊!写到这里,我不忍写下去了。

原载《立报》副刊《言林》,1936年2月7日。署名:中牛

"非常时"的文艺作家

爱墨孙(Emerson)在他的"艺术论"里说:"艺术家不可不用了其时代与其国民间所行的标征(Symbol),把自己胜于别人的心传给他的同胞……无论何人,都不能逃出他的时代、他的邦国,并且做出和他的时代的教育、宗教、政治、习惯、艺术没有什么关系的作品。虽然有人想极端保有自己的特色,极端想贯彻己意,恣逞空想,也决不能从他的制作物上把育成他的作物的那些思想的痕迹一一拭去的。"这虽指一般艺术家而言,但文艺作家也已包括在内。由此可知文艺作家与时代背景的密切关系了。惟其如此,所以文艺作家是不应撇开时代不顾而独自"闭门造车"的。

现在咱们中国正是天灾、人祸、外侮、内讧、失地、丧权……的"非常时",当这"非常时"的文艺作家,(只要他承认还是中国国民的一份子)无疑地都应紧紧抓住当前的时代背景,来创造有意义有价值的作品。换句话说,就是应该适应这危难的"非常时",积极从事救亡的宣传工作——创造富于反抗性的、有力的、适合大众的文学作品,传给咱们的同胞。使大众深深地意识到目前的危机,而唤起组织他们的力量,在这危难的氛围中向前奋斗。这是目前文艺作家的使命。不过这种重大的使命,并不是少数人所能胜任的,必须全国作家总动员,大家一致踏上战线,努力工作,始克奏收宏效。最好是有大规模的文艺界组织,并尽量发行适合大众阅读的通俗的文艺刊物,散播于都市及农村,使各地大众都得阅读的机会,必如是方能完成这重大的使命。

咱们相信,同一宣传救亡的文字,而文艺作品是比普通呆板的"宣言"更会感动大众,更会唤起大众奋斗的热情。希望文艺作家们都来从事这"非常时"的重要任务吧。

原载《立报》副刊《言林》,1936年2月10日。署名:无堂

丙子感作

倭伲真尴尬，

值兹老鼠年。

邻鼠扰我室，

家猫奈何天！

被啮物皆损，

受攒土不全。

尤怪舨鼠类，

羡奸不羡仙！

原载《立报》副刊《言林》，1936年2月20日。署名：无堂

忧　国

你说:"近来常有忧国自杀的志士。"
我道:"现在更无护国抗敌的英雄。"
你说:"很钦仰自杀者的牺牲精神。"
我道:"很佩服抗敌者的勇敢决心。"
你说:"自杀者的忠心可昭日月。"
我道:"抗敌者的头颅可换河山。"
你说:"有自杀志士实堪惋悼。"
我道:"没抗敌英雄更该悲哀。"
你说:"自杀者自身已登乐土。"
我道:"生存者大家仍在忧国。"
你问:"如何变忧国为乐国?"
我答:"必须易自杀为杀敌!"

原载《立报》副刊《言林》,1936年2月22日。署名:无堂

"存文"与"讲学"

前些时,"国粹大家"江亢虎博士因鉴于"白话"流行,"文言"废置,深恐江河日下,斯文尽丧,于是聚集同志,组织了一个"存文会",从事保存"国粹"。江博士又到各处去演讲,极力主张古代文化的复兴,同时对于白话文运动加以诋斥。江博士的用心,只有他自己明白。当时有许多反对"存文"的文章,这给博士看了,想必以为这些后生小子胆敢和我"老虎"开玩笑,实在"出乎意表之外"。虽然如此,可是反"存文"的文章,却源源在杂志上刊出,甚至有的出专号,这未免使江公太难堪了吧?好在他老人家涵养已深,并不生气;否则,"虎"威一发,必要吓煞人也。

事情过去不久,昨天在报上看到江博士又有讲学会的通告,定于某日起,以后每逢星期日,都在堂皇宽敞的某公司大讲堂公开讲学,讲题为"中国文化叙论",分五十有二讲,第一讲"中国民族之起源历史以前之传说"其余五十有一讲,尚未披露。这更可以窥见江博士阐扬古代文化的苦心,不但未尝一日或泯,而且再接再厉,盖博士深恐国人"对于自己的古代文化的自信心之消失",故于"存文"之余,特为公开"讲学",以广宣传,而挽颓风。而听讲券每张只售法币壹角,虽然比起普通说书场的座价略为贵些,但以江博士的才学而论,以区区一角法币,能得聆其宏论,并瞻其丰采,实在可以说是"不胜便宜之至"。预料届时前往听讲者,必场场满座,或者比看"姊妹花"等影片的观众,还来得拥挤。但惜乎我辈无闲领教,不然也可以懂得一点"存文"的密诀。

原载《立报》副刊《言林》,1936年2月25日。署名:无堂

后方粮台

"后方粮台"这一名词,出在旧小说里。多年不看那些"有火药气味"的小说了。但幼年时代看过的,现在仍不能忘怀。记得那些小说里描写两军交锋,如其"后方粮台"欲焚,就有一方要大败,不必在马上争胜负了。

要操"必胜之券",必须自己有自己的"后方粮台",如果自己不但不要后方粮台,反而要放火焚烧,这就有点"那个"了。

"日光浴"这个玩艺儿,据医生说,对于病人很有益处。可是"太阳光"过于强烈,反而要灼伤皮肤,等于自己毁灭,终于变作别人的"后方粮台"。

不行"日光浴"吧,就去和"刀锤"亲近一下,结果也同样要变作别人的"后方粮台"。思想起来,有点凄惨。

要操"必胜之券",不但要自己有自己的"后方粮台",而且要守护着它,不可使它变作别人的东西。

原载《立报》副刊《言林》,1936年2月27日。署名:中牛

夹板斋随笔（一）：芳邻的武士

日本自藤原氏专政（约当公元 10 世纪时）政治大权即入武人掌握，到了德川家康开幕府于江户（即现在的东京），武臣专权，达于极点，历史上称为"武家政治"。1853 年美国的"黑舰队"开到浦贺港，呈递大总统菲尔摩的国书，要求日本通商，幕府无法应付。接着一再受了外来的刺激，武士的身上虽然佩着"太刀"，也不免举止错乱。武士的本领，这才为人民所认识。

现在的日本，以海陆军夸耀于东亚。追问原因，还是由于"明治维新"建立宪政，然后将"束发带刀"的武士们，调练成新式的海陆军人，然而最近竟有一部分军人要"武力政变"，这难道他们把宪政的恩惠忘怀了么？

原载《立报》副刊《言林》，1936 年 3 月 2 日。署名：中牛

夹板斋随笔（二）：芳邻的浪人

日本封建时代的武士被主子驱逐，失了本业，于是东飘西荡，有些变作了"浪人"。可是浪人依然要吃饭穿衣，总得想一个糊口的方法，于是就又有所谓侠客者出现。

侠客大多擅长一种法术，叫作"忍术"。就是用种种方法，潜入敌阵，在前方后方捣乱。可是普通糊口用的"忍术"并不如此。比如后面有人追赶，便且战且逃，逃到一个适宜的场所，"侠客"就蹲在地上，背向敌人，敌人赶到，"侠客"早已不见，只见地上蹲着的是一个大的癞蛤蟆，而且阁阁长鸣，甚至有烟雾冒出，追赶的人们以为遇见了鬼，便返身逃走了。这就是侠客的"忍术"。其实那个癞蛤蟆是"侠客"早就用五色颜料在自己的屁股上画好了。待到敌人追近，只消将后衣捞起，蹲在地上，高耸着臀部，拿点技巧出来，口中阁阁几声，或将预备好的黄烟点燃，烟雾腾腾，看去就可以乱真。不过这须在月黑里施展才好，最好是星光的下面，或阴暗的场所。设月明如画，即不甚适宜。另有一种侠客，拿许多铁蒺藜穿成一串，一头握在自己的手中,其余铺在地上,等那赤着双脚的敌人赶来,踏在上面,痛得难当。此时侠客是躲在黑暗中的,见目的已达,便把绳子收去,逃走了。等到敌人拿灯来,一看地上并没有东西,以为又是遇鬼。这个也是黑夜里的把戏,有灯光便不行了。可是封建时代是没有电灯之类的,所以"忍术"得以安心施展。

现在的浪人,也有到中国来施展"忍术"的。中国虽没有别的东西,可是几盏电灯总是有的。所以听说并不用"癞蛤蟆"的那一手,不过"用种种方法,潜入敌阵"罢了。

原载《立报》副刊《言林》,1936年3月3日。署名:中牛

夹板斋随笔(三):试谈性爱

西华先生在《准谈风月》一文里读到苏州城墙上的美女广告,颇觉有趣。现在谈时事不易,谈风月也有困难,我想只有谈性爱了。

我们的芳邻有一种古代的典籍,名叫《古事记》。在此书的上卷里,有一段记载着国土的生成,试译如下:

> 于是天神命男女二神将那飘浮不定的国土造成,赐给他们一根矛,名叫天琼矛。故二神站在"天之浮桥"上,把天琼矛插进水里搅动,再提了上来,从那矛尖流下的海水,凝结成为一岛,是曰自凝岛。

下面还有一段妙文,不便译引。只译出这一段,看官可晓得这一段所比喻的是什么? 大约不外是爱的结合。

"亲善""提携"的美德,原来自古养成。凡是渡东观光的正式团体,我们芳邻欢迎之热烈,殆出乎意料之外,这就是由于"爱"的天性使然。漫画家常把芳邻画成一个美女,也可从这里得到解释。

原载《立报》副刊《言林》,1936年3月4日。署名:中牛

夹板斋随笔(四)：狗熊

写了三则随笔，不免涉及芳邻，"事不过三"，适可而止。从今天起，又要改变作风了。

昨夜在寒风凛冽的马路上，看见一个卖艺的人，头上还戴着一顶夏天的草帽，身上穿着单衫，手中牵着一匹狗熊，向北踽踽而去。

海派诗人见了，也许要叹息道："你寂寞无依的卖艺者呀！在寒风里走向哪里去呢？"

我自愧没有诗兴，只看了那狗熊几眼。

我随即想到，要做狗就做狗，要做熊就做熊。狗熊的相貌虽然是熊而类于狗，因此被人家在鼻尖上穿了一个铁环，牵着在城市里走来走去，卖艺度日，靠一点稀粥活命。将它跟冰块上的白熊比较，真有天渊之别。

马戏班里也有老虎狮子演戏，为什么鼻尖上没有穿着铁环，被人牵着走呢？

能回答这个问题的人，我预备赠他以"动物学博士"的头衔。

原载《立报》副刊《言林》，1936年3月5日。署名：中牛

夹板斋随笔(五):春寒

"我的朋友"D先生写信给我,叫我写一篇"上海的春天",我正要动笔,替上海这个地上捏造一些春天的景色,孰知前两天的寒暑表降到零下两三度,即使我要说上海的春天如何美丽,也不能自圆其说了。

上海的春秋两季都很短,夏冬两季则较长。诗人说的"如果冬天来了,春天还会在远处吗?"这话如果针对着现在的气候说,总不大适合吧!请看上海的春天是这么遥远呀!

北方的海口冻结,且有冰山威胁船舶,冰块上发现海豹,这令人想起北冰洋的情况。

历年我国陆地上有水灾旱灾,谁能料到海上还有"冰灾"呢!

大自然的威力固然可怕,然而试问我们对于屡次的灾难已经尽过"人事"了吗?照这样下去,中国有许多地方将逐渐变成沙漠,有的变成荒地,有的则变成泽沼,加以海上还要闹"冰灾",那么中国真是一个名实相符的"灾国"了。

原载《立报》副刊《言林》,1936年3月7日。署名:中牛

夹板斋随笔(六):间谍

6日,本报载有某国侦探美国海军的新闻,大意说"美国最近发现海军间谍案一件,以内容复杂,所以国务院请地方法院以秘密方法,慎重审讯"。做间谍虽有功于祖国,但并非光荣的职业,值不得称道。不过把间谍者的心理研究一番,倒是有兴趣的事。

做间谍必须有两重人格、几副脸嘴,还得兼备复杂的感情、缜密的理智。这些条件不齐全,就不能做,所以做间谍也不易。从前读过日本诗人荻原朔太郎的《虚妄之正义》,他对于做间谍者的心理曾说过这样的话:

> 阴谋的复杂组织中,间谍应有两重良心。一面勾通敌人,做敌人的走狗,为他工作;一面对于自己的同党又须忠实,报告秘密。且须有一种义务心,使两种各自分开活动的意识,同时对峙。如果对于敌方没有义务心,就难于欺瞒那多猜疑的敌人,也就不成其为充分的间谍了。因为非出自

本心的装假,只消一点儿机会,就容易现出原形。只有老练的间谍,他的做作从"义务感"而来,完全出自本心,决不被敌人发现,即令是自己的同党,也屡次误认他是敌人。

在这种间谍的心理中,含着理性的最玄妙的谜(即辩证论的第一原理)。这是神秘的谜,此谜为多数党徒所不理解的,只有一个首领,他正在操纵那阴谋的整个机关,只有他这个"头脑"懂得其中的谜。

荻原氏的话很有意思。据说老练的间谍常为女性,大约就是女性易于扮演这种"谜"的原故吧。

如有研究心理学的人,从这方面下点研究的工夫,做一篇堂皇的"间谍之心理学的考察",先做"序论",约得二十万言,带到美国去,还怕拿不到一个博士吗?

即令不研究舶来的"间谍",不妨研究土产的"汉奸"。因为研究汉奸较之间谍容易,理由是活的模型甚多,关外跟通州一带俯拾即是。研究之后,来一篇"汉奸的狐狸尾巴",送到福建去发表,也可以防患于未然呀!

原载《立报》副刊《言林》,1936年3月9日。署名:中牟

夹板斋随笔(七):杂志短命年

读书读到"专看杂志",已经够可怜了。

整册的专著没有销路,大约不外几种原因:买不起、读不懂、无暇读。补救这些缺陷,恰好有杂志,或周刊,或半月刊,或月刊;文章并不艰深,定价也还便宜,大家都舍专著而不读,只看杂志。

近两年来,国内的杂志出了不少,假如外人有"入国问俗"者,试做表面的调查,准要佩服中国文化已有长足的进步,哪里知道国内杂志之发达,正所以表示文化"短足之退步"。(渐渐退化,故曰短足)

可是有杂志读还算好的。今年除了号称稳健的刊物外,不免短命。连这样一点"馈贫之粮",也还不易保持。

至于借办杂志作"敲门砖"的,又当别论。他们一面在慷慨激烈,指导青年;但也期待着一顶"紫金冠"降到自己的头上来,目的达到,他们所办的杂志,自然也就短命了。

原载《立报》副刊《言林》,1936年3月11日。署名:中牛

夹板斋随笔(八)：丑角

欧西封建时代的帝王贵族喜养"臣"，供他们引逗笑乐之用，品位甚卑，现已不复存在。但弄臣也有好坏之别，不能加以轻视。明人文林著《琅琊漫抄》，有记《阿丑》一则云："宪庙时，太监阿丑善诙谐，每于上前作院本（杂剧也），颇有东方朔谲谏之风。时汪直用事，势倾中外。丑作醉人酗酒，一人佯曰：'某官至。'酗骂如故。又曰：'驾至。'酗亦如故。曰：'汪太监来矣！'醉者惊迫，帖然。傍一人曰：'天子驾至不惧，而惧汪直，何也？'曰：'吾知有汪太监，不知有天子也。'自是直宠渐衰。"这是弄臣中之佼佼者，属于讽刺一流，可以称他为"超等丑角"。

"平剧"在目前被人笼统地斥为"落伍""封建"，但我却不谓然。《打花鼓》里的花鼻子少爷，《打渔杀家》里的土豪，我看了以后，总觉得津津有余味，虽然久已无暇去看"平剧"，与无暇去看"歌舞电影"相同。"平剧"中的丑角，着实有几个可爱的，我以为，试看那《打花鼓》中的花鼻子少爷跟现在的摩登青年有什么差异，不过在穿衣裳戴帽子上面不同罢了。《打渔杀家》里的土豪，不拘在上海或内地都有的是，不过鼻头上的白粉，已经揩净罢了。

诸如此类的丑角，他们能够贴合人生，把握现在，所以可贵。

卓别麟氏的喜剧能使人人喜欢，就是这个道理，至于劳莱、哈台等，诸"自邻"矣。

原载《立报》副刊《言林》，1936年3月13日。署名：中牛

有见闻斋笔谈

某日坐车往江湾,道经某校门前,看见该校外围篱笆,大绘其某牌香烟广告,且大书其"请吸某牌香烟"等字样。奇之,盖此校不佞前曾参观一次,校中仿佛贴有"禁止吸烟"的信条,如今表里相违,此种矛盾现象,将使莘莘学子,莫衷一是,无所适从也。一日与友人谈起这事,吾友曰:"该校学生踏出校门,可以公开吸烟,等烟吸完,然后再进校门,便可免犯校规矣。"余曰:"若一脚在校内,一脚在校外,何如?"吾友曰:"头部可向外倾,便可大吸也。"此语颇妙。

原载《立报》副刊《言林》,1936年3月15日。署名:无堂

夹板斋随笔(九):小型文艺

昨天遇着一位友人,他向来是《言林》的爱读者,他对我说,今年不但是杂志的厄年,也是文艺的厄年。别的原因不用提起,单就"小型报"的发达讲,就是文艺被撤消的一个原因。小型新闻只能登载小型文艺,比方传统文艺小说、五幕剧、长诗等就登载不下。小型文艺只能采用短诗、感想、写生文、掌故、小说等类形式。其实小型文艺古已有之,散文就是格言诗话、笔记之类;诗,就是五绝、小令之类。小型新闻的姿态是新颖的;小型文艺的本体,却不得不是传统的。小型文艺除了五绝、小令、笔记、诗话、笑话、散文诗之外,实在没有别的东西了。其范围之狭小,自不待言。编者竭智尽虑地想将其领域,成为一个文艺小花园!但是小型文艺终究只是小型文艺而已;一粒沙中可以看出世界,不错,但世界总不能只要有沙,作者于是采用随感录式的文字了。随感录现在称为杂文,是以社会问题、时事问题等为对象的作品。小型副栏的内容是扩大了,小型文艺却撤销了。——但我们一方面却可用社会环境说来辩护小型文艺转变为杂文的必然性。

这个意见我承认有相当的价值，可是小型报纸并非"杂志式"的大型报纸可比，没有多余的篇专供文艺之用。故不能"采办全球货品"，乃是当然的。我始终主张"小中见大，短中见长"，不然，小型报就要和大型报走上同一条路。

原载《立报》副刊《言林》，1936年3月16日。署名：中牛

夹板斋随笔(十):谈鬼

记得从前读完《红楼梦》《绿野仙踪》一类小说之后,接着又搜寻得几种谈鬼的书来读,如像《子不语》等,看了一遍又一遍,觉得鬼话连篇,鬼气可怖。看来看去,看到夜间也不敢走进自己的卧室了。

后来年龄稍长,看到西洋的 Ghost story,虽然鬼气阴深,但也只注意作者的扯谎,不生恐怖之感。又看见日本的"大入道"(妖怪)、"化物屋敷"(鬼宅)的民间传说,经过文人之笔点染(例如小泉八云),早已不觉得那是鬼话了。

鬼之为物,现已名存实亡,遗留下来的,只成了骂人的名词。如女人骂人曰"小鬼",大人先生骂青年曰"捣乱鬼",就是好例。

烟霞散人著《斩鬼传》,书前有瓮山逸士的序文,解释鬼的意义,甚为明白清楚。他说:"夫人而既名之曰鬼矣,则必阴柔之气多,阳刚之气少。"照此意推测起来,没有"阳刚"之气的人才可以称作鬼,一般热血的人怕未必有做鬼的资格。

但也有自安于做鬼而不辞的,有鬼诗一首为证,诗曰:

> 作鬼今经五百秋,
> 也无烦恼也无愁。
> 禅师劝我为人去,
> 只恐为人不到头!

做了五百年的"陈鬼"却不愿投人身,似乎做鬼易而做人难,也许就引起了几位志士们的羡慕。

文天祥、史可法的鬼何在?我愿他们出现在眼前。

原载《立报》副刊《言林》,1936年3月19日。署名:中牛

释"编"

年来编书之风盛行，有的，是一折书；有的，是不折书。然而，在把别人的版权所有的东西收编起来这点上来说，两者性质，大同小异。

两者的目的，都是于以极少数的成本得到较大量的利润。一折书能使读者很便宜地得到书看，对于社会，不能算没有益处。又如大部头的成体系的"文学选集"，能够把一代的作品系统地总集起来，使现在和后世对一个时代的文学得一个比较清楚、比较正确的概念，也不能说不是一种伟业。然而，这是正面，正面的里边，还有个反面。反面，就是对于作家的版权的骗取强占。

于是，我看着"编"字，不禁想起来一种新的解释。"编"字一半从"骗"，一半从"绑"，大概所谓"编"者，就是连"骗"带"绑"的办法。如主编的人只顾书店老板的利益，而不顾作家利益的话，我的这种通俗文字学的解释法，决不会有错的。

外国不是没有"编"的办法，不过他们对于版权者先要征求同意，事后在序文中是要声明致谢的。在中国则不然,事前并不征求同意,事后甚至连一本编成的书都不送给版权所有者,侵占你的版权是活该。这就所谓"编"。

原载《立报》副刊《言林》,1936年3月27日。署名:头陀

夹板斋随笔(十一):赞美警察

最近,各处都有人欢喜批评警察,因此我也来凑凑热闹。

我一向对于警察颇有好感,这理由也很简单。

有一次我坐公共汽车到江湾,上车以后,车上已经挤满了人。有一个警察,见我站着,赶快立起来让座,我和他客气,他坚持让座,我只好再让给一个没有座位的女子去坐了。又有一次我到真茹去,刚走进车箱,一个制服辉煌的警官,衣袖上的金边大约有三四条吧,忽然立起身来,直挺挺地对我举手,我赶快脱帽致敬,心里想他也许认错了人吧。等我仔细一看,原来是政治系毕业的某君,有几年没有看见了,于是在车上大谈起来,某君依然是从前的书生模样,头脑异常清楚,这使我很感快活。自从受了这两次优待之后,我的心里想,凡是警察都是好的。

据我的观察,警察中有几个糊涂的,但是他们的糊涂恰到好处。试举出例来说明吧:在一个转弯的处所,不幸马路又窄狭,来往的汽车彼此不能看见,那里就站着一个交通警察,如果马路的两头同时有汽车对向着驶来,他就得先阻止一方停车,让一方过去,如此可免两车相撞。有几次我看见立在转弯处的警察,口中好像在唱着京调,对于来往的车辆满不在乎,他的意思以为即令两车相撞,也可听其自然。但是你以为两车就会相撞吗?不会的。等到两车的车头快要接触的时候,他就行使职务了。他先叫朝东的车子向后倒退,又叫朝西的车子倒退若干尺,这么一来,岂不是化险为夷吗?你说这样的交通警察,可爱不可爱呢?所以我说他的糊涂恰到好处。

有一个东洋警察令我十分佩服,他姓山田。我是从国木田独步的小说里知道他的,他会喝酒,又能作文吟诗,他写了一篇文章,叫做《题警察法》,我来给他介绍一下吧。

夫警察之法,以无事为至,治事次之。以无功为上,立功次之。故日夜奔走而治事,千辛万苦而立功者,非上之上者也。最上之法,非在治事,非在立功,常视于无形,听于无声,以制其机先。故无事而自治,无功而自成,是所谓为于易为,而治于易治者也。是故善尽警察之道者,无功名,无治绩,神机妙道,存于其人,愚者所不能解也。子曰,人莫不饮食也,鲜能知味也……

文章虽然不见出色,但却入情入理。你看他说:"千辛万苦而立功者,非上之上者也。"他的思想如此,纵使你下命令叫他拿棍子打人,辛苦立功,他是要付之一笑的。

他又会作诗。《春夜偶成》云："朦胧烟月下，一醉对花眠。风冷梦惊觉，飞红埋枕边。"《权门所见》云："权门昏夜乞怜频，朝见扬扬意气新。妻妾不知人骂倒，丑夫满面带髯尘。"东洋人作的汉诗，本来不过如此，不必吹求。你看他能够咏飞红，讽权门（据说他作此诗时，正作某大臣的警卫），身为警察，有此胸怀，倒也难为了他。所以国木田独步说："我对于这巡查，觉得完全中意了。"

我也认为这样的警察，可遇而不可求。有时我看见站在街角巷尾的警察，肩着长枪，颇悠然自适。遇着年轻的娘姨大姐，他就走过去和她讨论物价，青菜一斤几文；或者彼此谈谈人生问题，问她今年青春几何。像这样的警察，虽然不会作诗，却不便说他没有诗意了。

就虐待黄包车夫一点说，华界警察远不及租界警察。无论从哪方面看，华界警察都很好。

我认为警察是"文治派"，管理他们的，最好也用"文治"的方法。他们之所以动武，就是没有文治得好，其罪不在他们的身上。

经过一番"比较""分析"之后，我得了一个结论，就是让座的警察，我说他好；耍棍子掷石子的，我说他坏。

原载《立报》副刊《言林》，1936年4月3日。署名：中牛

夹板斋随笔（十二）：儿童节

今天是儿童年的儿童节，好比民国廿年的双十节一样，是一个重囍的日子，值得大家来庆祝一番。

一向流行的祝典有拜寿做生日之类，可是它的意义总不及儿童节的重大。拜寿本是佳事，我感谢父母的养育之恩，我情愿在自己父母的生日举行祝典。但要认清楚这是私事，不能硬派老百姓也来做自己父母的儿子。政府的官吏如不视庆寿为私事，就无异于征收变相的苛捐杂税。

庆祝儿童节的用意就大不相同，并非因为儿童幼稚得可爱，所以庆祝。乃是借此祝典，使大家知道加倍爱护儿童，用意不过如此。

可是另有一种人，他们庆祝儿童节的用意，与我们不同，他们一味把目前的儿童认为成年的人，要他们赶快救国。其意若曰，现在我虽然也算是国家的中坚，但我是担负不起救国责任的。几十年前没有儿童节，没有人开会庆祝，现在我不能救国，你们不能怪我。可是你们这般（手指儿童说）儿童比我们幸福多了，有我们这些既优秀而又是中坚的分子来庆祝你们,你们好好地记着,救国的责任,就在你们这般孩子的身上,懂了没有?如果懂了,请吃香蕉、橘子、糖果、点心!

我知道今天有盛大的庆祝会,就有官样文章,"开会、三鞠躬、演说、余兴、茶点"等项,应有尽有,大约花费三小时的光阴。这三小时过了之后,也许儿童节无处去寻,就连儿童年怕也踪影全无了。因为儿童年早已缩短,变成一天,就叫作儿童节;儿童节再一缩短,就成了三个小时的盛会;三小时的盛会再一缩短,就成了一小时的名流演说。一小时的名流演说完了之后,儿童年的儿童节就只剩了一堆香蕉皮、橘子皮、糖果包皮。叫我们更向何处去找儿童年的儿童节呢?

原载《立报》副刊《言林》,1936年4月4日。署名:中牛

春　晨

昨宵喝点儿酒,陶然地卧听着楼外潇飒的风雨声,约有好几个钟头,心头颇感愉快。到了午夜时分,方于不知不觉之间昏昏睡去了。今朝醒来,宿雨不知在什么时候已经放晴。在眼前的,却是满窗红日,迟迟地带来了阑珊的春意。酒意似已消了,然而春寒料峭,懒得爬起身来,只好温存在被窝里,闭着眼睛,回味昨宵的清梦。这时候,楼中可很寂寞,没有什么喧嚣的声浪。枕上朦胧间,仅闻檐头聒碎的鸟声一片,和几声从深巷传来的断续的卖花清韵,合奏着一片悦耳的春曲而已。

仔细倾听,这鸟声,既不是夜莺的啼啭,也不是黄鹂的清唱,更不是杜鹃鸪鹧之类的鸣声,而是我们时常看到的麻雀的琐语。它虽然唱不出美妙的歌声,然在那"啾唽、啾唽"的繁碎声中,也伲能含一些春气。在这晴煦的春晨,娴静地躺在床上尽量听之,却有一种不可言喻的妙趣,何况还有几缕"卖杏花……杏花……"的女郎的清脆的声音呢。那当然是更会使你的心情益觉轻松了。

惺忪的睡意是已全醒了。侧着身，望望玻璃窗外的景色，因为高卧楼中的缘故，外间的景物多被隔阂，所看到的唯有邻家几片红瓦与耸出屋顶的两枝电杆，以及几条齐列着的电线而已。雀儿就在那屋瓦上不住地飞舞跳跃，有时飞去停息在电线上，这仿佛是一页乐谱似的。可不是吗？那电线真如五线谱，雀儿直像谱上的音榏，而那背后的罩着白云的天空，就宛似印着这乐谱的白纸呢。而且雀儿的位置时常移动，白云也时常变幻，又像乐谱一页一页地翻过。这却使我迷着了，我自己觉得，我的心弦也随着这自然的乐谱不停地在弹动着。哦，造物者真是一个伟大的艺术家呵！

这时候，我却不能再静卧在床上了，兴奋地爬起身来，着上晨衣，到盥漱间去洗漱之后，便走向靠窗的食桌旁边坐下，一面吃着早茶，一面朝向窗外眺望，在朝暾朗照之下，毗邻小园里的许多绯桃红杏，都开着鲜红的花，花瓣上似乎还含留着点点宿雨，映着阳光，灼灼欲流，越显得娇艳可爱。只因昨夜风雨太狂暴了吧，有些红英已缤纷地散落在潮湿的泥径和草地上，好像一片片鱼鳞，寂然铺在那里。小鸟儿时常在树丛间啁啾着，不知道它们是在这满孕着春色的园中自鸣得意呢，还是为着凭吊这无数落花而哀啼？这却令人不禁有些愀然了。

我这样慢慢地吃完了早茶，本来规定要做的工作，这时也懒得去干了。只是长坐在那儿，吸着纸烟，静赏这充满着音乐以及诗和画的景色，等闲地消磨这可人的春晨。

原载《立报》副刊《言林》，1936年4月5日。署名：无堂

夹板斋随笔(十三):医生

《巴士德》的影片演过了,我看了很受感动。

所谓坚忍的精神,崇高的人格这两句话,用来赞颂巴士德,我认为是颇为适当的。

巴士德在早不过是一个研究保藏酒类的化学师,他没有浪费民脂民膏出洋考察;也没有起草计划书,要求政府造一座轮奂的科学馆。反之,他所得到的是嘲笑、中伤、摧残,然而并未妨害他的造福人类的工作。

与巴士德作对的外科医生沙波勒,他胁迫巴士德签了一张字据,要巴士德承认自己对于疯犬毒的研究是失败的,不然,他替巴士德的女儿接生时就不肯消毒洗手,以这个作为条件。好个巴士德,竟在写好的字据上签了字。后来巴士德支撑着病体,到病院将俄国送来的病人医好之时,沙波勒来了,他把字据送还巴士德,巴士德说:"字据算得什么?"这一段人格的描写真正不错。

巴士德的精神是人人应有的。这张影片,给青年看,固然是好,上海的江湖医生，尤其要去看看，千万不可错过这个机会。

从这里，我连带地想起了中医，中医好的很多，当然不可一概而论，但不免有一部分依然带着"巫"的色彩。"医者意也"这一句话就足以表示巫医的精神。苏轼的《东坡养生集》有一段记载，可以引来作为佐证："欧阳公尝言，有患疾者，医问其由，曰：'乘船遇风，惊而得之。'医取多年舵牙，为舵工手汗所渍处，刮末，杂丹砂茯神饮之而愈。今《本草》引《药性论》云：'止汗用麻黄根节，及故竹扇为末。'医以意用药多此类，初似儿戏，然或有验，未易致诘也。予因言'以笔墨烧灰饮学者，当治昏惰耶？推此，则饮伯夷之盟水，可以疗贪；食比干之馂余，可以已佞；舐樊哙之盾，可以治怯；嗅西子之珥，可以起恶疾矣'。公才大笑。"我又记得鲁迅先生在《朝花夕拾》里写父亲的病：一位绍兴医生要他去找药引，有一味药引很奇特，说是要蟋蟀一对，一雄一雌，必须原配方可，续弦或再醮者均不合式。如照"医以意"的学理说来，这一味药引的功效应该是医治两老反目的，然而并不是，医的是鼓胀病，真令人费解。

说到我国的西医，别的缺点倒没有，就只是架子太大，不肯细心诊察。如果诊务太忙就叫病人多服苏打片；如果病人太穷就说不必吃药，你的身上有白血球若千万万，还有淋巴腺呢，睡在床上自然会好。还有每年春天，各地流行一种名叫"麻疹"的传染病，这种病不知夺去我国多少儿童。但是它的"病源菌"到今天还没有发现，所以没有有效的治疗方法，西医束手无策，只有让小孩的抵抗力扑灭病菌。举此为例，我国的西医，更应该以"巴士德"精神为法。

今年是儿童年,要做的事多着呢。要做的事太多,就不知道先做哪一件才好,不知道先做哪一件,难道一件也不做?让我们来铲除侵害儿童的病菌,就是"围剿"那些百日咳菌、肺炎菌。先将上海各市立小学、弄堂小学里的传染病菌清除一下。这件事总不见得怎样烦难,既不必模仿巴士德先生用羊群试验,也不必等出洋考察回来之后才办,也不必等造好五层楼的洋房才办。要趁儿童年没有过去的时候办好,才算是一个角色,有志之士曷兴乎来。

原载《立报》副刊《言林》,1936年4月8日。署名:中牛

夹板斋随笔(十四):辞典

最近日本的"东洋文化未刊图书刊行会",编写了一部《日华大辞典》,只看它的量,就有三巨册,收语汇三十万。编辑人有"中国通""日本通",费时十五年之久,这是从来所无的巨制。在中日两国的语言研究上,自然很有用处。

可是一看那发刊辞,就令人有不快之感。其中有句说:"日本为了它的成长与发展,即应拥抱'满洲',提携支那,作成东亚兴隆的大础石。"再看书脊上的图案,更可怪异。那上面画着三面旗子,排成一个品字形,正中是日本国旗,左下是中国国旗,右下就是所谓"满洲国"的"国"旗了。

一种文化工作,它的价值是永久的,它的目的是为人类的,为什么要取这样偏狭的态度呢?

昨天早上看报,见有天津十八日电讯云:"殷逆汝耕近在通县组日文研究院,聘日人铃木三郎为院长,通令属下伪官一律加入研究,其他各县则由该院派员分往指导。日文日语娴熟的均有擢升希望,否则须受相当处分。"我仔细看过之后才知道他们编纂《日华大辞典》的用意,不过如此。

原载《立报》副刊《言林》,1936年4月21日。署名:中牛

船　笛

　　曙光照在白格子的窗上,远浦的船笛,呜呜地唤起了漂泊的旧梦。

　　海涛、灯塔、沙鸥……又在梦间环抱了,没尽头的茫茫的旅程。

　　眼前依旧是青青的客舍,一阵阵杨柳风,扫不尽的轻尘。

　　船笛已渐渐低微了——袅袅的余音,撩起了新的旅愁。

原载《立报》副刊《言林》,1936年4月21日。署名:无堂

追悼"五四运动"

5月是多难的月令,"五一""五三""五九"……连接而来。我们摇笔杆的人最怕作文章没有题目,到了5月,随意可以拣一个题目作一篇应时文章。每年此时,要提笔写,可以不愁没有题目。

题目有是有了。然而内容呢?说话说得辣一点,就难与读者见面;说得甜一点,根本没有糖分,要甜也无从甜起;说苦说酸,在这个年头,有谁理睬?

今天不是"五四"吗?且来谈谈"五四"吧。

我们如要纪念"五四",还是庆祝好呢?还是追悼好呢?讲到从前"五四"运动的精神,我们应该庆祝;然而这种精神已经死了多年了,现在只消追悼它,用不着庆祝。

不过从前参加"五四运动"的重要分子,现在都在朝为官,当然是食"五四运动"之赐的。据说他们正在"埋头苦干",替青年树立一个好榜样,就这一点说,到了"五四",未始不可庆祝一下。除了这个意义之外,还有什么值得庆祝的。去年今日,有某某君在无线电播音台,大吹他自己攻打曹、陆、章的勇敢,用意甚善。我想今后要庆祝"五四",也只有用"空中播音"一法,不知今天我们能否再有这种"耳福"? 可是"曹""陆""章"三字,恐怕也不敢再提了。

原载《立报》副刊《言林》,1936年5月4日。署名:中牛

又弱一个

有谁救国抗×?
但见风号雨哭!
失了几许江山,
何况区区人物!

莫谈民族成败兴亡,
莫说个人是非曲直。
问抛下一局残棋,
将付与何人收拾?

(5月14日)

原载《立报》副刊《言林》,1936年5月16日。署名:大牛

国　号

号我以"支那",
报之以××,
匪报也,
永以为好也?

〔跋〕报载芳邻某君在贵族院会议席上发表演说,有谓:"中国妄自尊大,僭称中华民国,我方竟以中华相称,冒渎我国体尊严,此后应改称'支那'。"这真令人不懂之至,何以芳邻竟干涉我国号,而肆加改称?这也许仍是所谓"亲善"吧?那么我们也该"回敬"一下。尝见报上常将"友邦"写作"××",不妨就以"××"报之(用《诗经·木瓜》旧调),以示礼尚往来,借符所谓"亲善""和好"之旨云尔。

原载《立报》副刊《言林》,1936年5月21日。署名:无堂

外　交

甲说:"不侵略,不威胁。"
乙说:"不丧权,不辱国。"
丙说:"不幸我早已看得明明白白,
　　　从二十一条到三大原则,
　　　从东北到什么华北!
　　　事实胜于雄辩,
　　　历史硬过钢铁。"

原载《立报》副刊《言林》,1936年5月24日。署名:大牛

救济大学生

最近教育部令过去两年度的失业大学生登记,似乎有救济的决心。但今夏各地的大学毕业生又快要产生了。如存心救济,就请赶快决定一个比较稳妥的办法,例如增设职业学校或改订大学课程等事,都应从速举办。如单用登记的方法,这个问题仍然不易解决。

原载《立报》副刊《言林》,1936年5月26日。署名:毅纯

书　业

前日报载书业公会已奉教育部令,凡同业出售书籍,价目一律改为实价,废除折扣,自七月一日起实行,因此"一折几扣"的"书末日"已至云。

书业的痛苦在今日已极深刻化。书籍之是否售实价,或者一折几扣,我以为这倒用不着怎样关心,如像每年改订课程标准,或将书商呈请审订的教科书任意搁延,则书业真有点吃勿消,这确是书业的障碍,我想也要认真"废除"才好。

原载《立报》副刊《言林》,1936年5月27日。署名:中牛

祭

海戈君作诗挽胡汉民先生,有警句云:"书生面目千古存,令人长忆一巴掌。"(见18日本栏)胡先生的巴掌是对外的,可说打得有理。

"祭如在,祭神如神在",公祭之后,大家要想想胡先生的"巴掌"是如何打出去的。

原载《立报》副刊《言林》,1936年5月28日。署名:毅纯

时事吟

在这大难的年头兮,
中国何其不幸!
东北早已被夺兮,
华北又危如覆卵!
"友邦"与我"共存共荣"兮,
增兵闻系为防共。
又与我"亲善提携"兮,
私货可使我人减轻买价。
如今对外尚未"亲善"到底兮,
闻西南忽出兵湘边。
不知是否真为救亡图存兮,
抑是兄弟之阋墙?
我辈小民唯有掬诚奉劝兮,
衮衮诸公忽再在室内掉花枪。

民族危机至此已极兮,

敢请诸公静夜想一想。

原载《立报》副刊《言林》,1936年6月13日。署名:无堂

读史随笔

日俄战役，日本舰队司令东乡平八郎封锁旅顺港口，谋锢俄舰于港内，征将卒率舰至港口自沉，应命者超过定额数十倍，从容赴难，终达闭塞旅顺港之目的。又东乡击俄国波罗的海舰队于朝鲜海峡，发现敌舰时，即发命令曰："皇国兴替，在此一战，将士宜各努力。"吾人读日史至此，深感日本"武人政治"之所以能够存在，并非无因。

今者兵发衡阳，跃跃欲试，诸将多为日本士官毕业生，岂真有决心"民国兴替，在此一战，将士宜各努力"乎？呜呼！吾愿拭目以观其后。

原载《立报》副刊《言林》，1936 年 6 月 13 日。署名：中牛

答玉藻信

玉藻先生：

5月25日《言林》上的文章重见于6月21日《辛报》的第二版，我引为荣幸，不过作者的署名没有刊出，觉得美中不足。承你见告，甚感。你的揣测，我以为第三点近于事实，你说"这是编辑上的重要问题"，我愿举手赞成。我们编辑附刊的人，最怕"文剪公"无赖，有时真是提心吊胆。不过总得小心防备，理想的方法，就是把各地出版的报纸，只要有副刊的，都找来看看，其他定期刊物上的文章，也要注意，新旧出版的文学书籍亦然。这样一来，"文剪公"的仓库，可以预先清查一下。虽然难保"万无一失"，但也不至于闹出笑话，你的信没有拆开，我已发现这个事实。我本不愿揭穿秘密，请"文剪公"在月底可以领一点稿费，但是我转念一想，我们"报业"还是要大家帮助才好，又何必使《辛报》多受这一点损失呢？

中牛谨覆，6月23日

原载《立报》副刊《言林》，1936年6月24日。署名：中牛

黄霉时节

一个上午没有出门,接连来了几位友人。大家见面,又是"哈,今天天气……"。

这几天正是黄霉时节,闷热得令人难受,加上北方的乌云与布满西南方的阴霾,沉闷极了。

近几年大家提倡新生活,小学生也懂得礼义廉耻,大家出于万不得已,非讨价还价不可,我想还是以"礼让"为先。

印度的志士尼鲁(Nehru)告诉我们,印度是怎样亡国的。他说:"奇怪得很,其时印度的封建酋长们是多么近视。他们向来没有想到联合起来反对敌人。每人单独地作战而失败了,应该失败的。"(见1932年11月27日狱中寄给英儿的信。)

我们没有封建酋长,想也不至于单独地作战,可是为什么要摩拳擦掌呢?

好恼人的黄霉时节!

原载《立报》副刊《言林》,1936年6月28日。署名:毅纯

夏夜漫笔

这两天的寒暑表上升到九十七度,有钱的人已经东渡"避暑"去了。我们这条街上每逢炎阳西下之后,就有许多人坐在街沿"避暑",嘈杂的声浪,要到午夜以后才停止,在这个时候写出来的文章,虽欲求免于浅薄,然而未能,只好题作"夏夜漫笔"。

有力量东渡"避暑"自然惬意,但这种人大多是上海的买办富商之流,说得粗鲁一点,要生活有点"那个"的人,然后才能享受这样的福荫。将来竖白旗称顺民的,其中大概有这一流人物。至于最大多数的人,在这个艰苦的关头,谁也没有余裕去避暑,更不会"东渡"。他们为了工作,简直无法逃避九十七度的炎热,并且不能不借工作来祛除阳光的薰灼。禅宗有一句话说得好:"热时热煞。"炎阳是避不得的,越避会越热的,惟有借工作来抗御炎阳,才是最好的方法。

夏夜微凉,街上有许多叫卖声,从他们的喉管里迸出一种酸辛的声浪。因此我想起"出卖"这一回事,斗方文人卖名,劳动者卖血汗,虽同为出卖,但有个分别,有的迫不得已,有的出于自愿。这些都已陈旧,不堪再提。近几年来,另有新花样,就是出卖言论。不过这种出卖也许得不偿失,因为卖给少数人同时就失掉了大多数的信仰,并不见得合算。

原载《立报》副刊《言林》,1936年7月2日。署名:毅纯

夏夜漫笔(二)

友人 K 君由东京返上海,过访寒斋,谈及日本的国防。K 君告我,日本的首都正努力完成地下铁道;民众的组织也日愈严密,如挖山洞、掘水井等,均积极进行,惟文学界尚无"国防"一语的提出。我说,侵略他人的国家,当然无所谓"国防文学"。替代"国防文学"的,为鼓吹侵略殖民地,这种文学作品在日本杂志上常见,K 君以吾言为然。

K 君又语我:去腊学生运动兴盛时,某大学的名字常在东京各报出现,因此妇孺皆知。有某报大书某大学已预备军火若干,战粮若干,足敷抗战若干时日之用。某大学学生留学东京者,大为便服警察注意,行动极不自由,最近防范始渐松懈,我闻此言,啼笑皆非。

关于日本的新闻界,K 君又语我一事。《读卖新闻》(此为东京出版的注重社会记事与文艺的报纸)某次派飞机送达新闻照片至北海道,飞机因入雾在途中失事,及发现时,司机者已死其一,一人垂毙,但仍出怀中所藏新闻照片,托人转送。此种"责任感"实为日本民族的特征。又日本报馆服役人员,不分上下,极能合作,感情亦极融合,相处若家人,故业务发展甚易,此言可为我国报界的借镜。

原载《立报》副刊《言林》,1936 年 7 月 3 日。署名:毅纯

夏夜漫笔(三)

靳以君寄我一册《文季月刊》第二期,随手翻到卞之琳君的《不如归去谈》,看完之后觉得很是高兴,现在且将我所以高兴的原因说一点出来。

梅雨时节,对于我们脑力劳动的人很不合适,可是正是农家分秧的时候,在他们却看得最是紧要。一想起我们赖以养命的米谷,梅雨期的闷郁原无不可以忍受的。

在这个乍阴乍晴、溽热反常的时节,给我最大的慰藉的就是布谷鸟,当天将晓时,布谷呼雨,或远或近,它的鸣声较普通的鸟类来得宏亮,所以破晓醒来,在倦怠之中,听着几声"割麦插禾",有如警钟一样,令人忽然振作,即刻就从床上起来。往岁住在闸北,树林几乎没有;去岁移到沪西,近来有几天清晨,居然听到了布谷的呼雨声,梅雨期的闷郁因此消退了不少,真令我高兴极了。

卞君的文里提到布谷声有"光棍抗锄""光光多锄""花好稻好""脱却布裤"等,本来这种"拟禽言"是随地方语言而异的,如我的家乡(贵州贵阳)则拟布谷声为"包饭过河""宝贝哥哥",此外定有许多不同的拟声。日人中西悟堂在《与野鸟为伴》的散文集里,曾记下布谷声为"Kabbo Kabbo",在十二秒内鸣到十二声之多。中西君为爱鸟家,所记必甚可靠,只可惜我所听着的布谷者,大约四五声即止,很少连续听着十声以上的,我的"耳福"远不如中西君了。

书本上说,布谷鸟一名郭公,就是鸤鸠,全身灰色,尾与"翅稍有黑斑",这个说明与我幼时所见的又有不同。至于世人将它和"杜鹃"混在一起,却也难怪,因它本属于"杜鹃科",大约形体相似。但我也不敢骤下断定,因为我并非"鸟类"专家的原故。

原载《立报》副刊《言林》,1936年7月5日。署名:毅纯

夏夜漫笔(四):介绍菊池宽

《申报》上知道日本外务省决定派遣文学家菊池宽与评论家长谷川如是闲二人来华,进行文化提携,已定9日动身。菊池宽和长谷川如是闲究竟是怎样的人物呢?让我今天先谈谈菊池宽吧。

菊池(姓)宽(名)是日本高松市人,今年四十六岁,京都帝大英文科毕业。在现今的日本文学界里,他的作品就量来说,要算是最丰富的。主要的作品发表于1916年(民国五年)顷,到了1918—1919年(民国七年—八年)作品更多。那个时候所发表的以短篇小说和戏剧为主,喜用史事为材料,例如《忠直卿行状记》《恩仇之外》等,皆为代表之作。他的戏剧有一种特长,就是长于使用"主题"。用国人知道的《父归》一剧(此剧在国内曾上演多次)来说,父亲因早年荒唐,舍弃妻子不顾,出外多年,及至年老无依,才想回家依赖儿女,在这种情形之下,做儿女的应该供养他吗?这就是一个"主题"。在《父归》里面,最初父亲归来时儿子不理他,后来父亲走了,仍旧追他回来,结局仍未脱离封建社会的观念。他的作品中,诸如此类的主题甚多,我一时也不能多举。

菊池早期的短篇小说和戏剧,我们不能不承认它的价值。但在欧战停止以后,日本资本主义社会膨胀,骤然增加许多暴发户,中等以上的人家,生活好像都有余裕,于是大家需要一种享乐清闲的作品。菊池知道这一点,于是他的长篇恋爱小说就接连产生,果然通行一时,那时的通俗杂志、妇女杂志都以登载他的长篇小说来号召读者。有一种通俗杂志名叫《讲谈》的,约他写稿,他不情愿,那杂志的记者每天去麻烦他,他就忿忿地说,除非你出一百元一张稿纸(四百个字)我才写,那位记者不假思索,就回答说,一百元就一百元。这件事我并未亲眼看见,是从他们的"文坛消息"知道的,也许是事实。其实一百元也罢,五十元也罢,和我们没有关系,何必费辞,我不过为例,借以推测那个时代的背景罢了。试看那些杂志为什么要争着登载他的长篇小说呢?还不是读者需要那种三角四角,男女两性相争的清闲品吗?假使那时不在欧战之后,日本的财阀的口袋没有装满,社会和现在一样不景气,那么恋爱小说一类的作品恐不见得怎样流行吧。说到这里,我要套一句陈话,就是"衣食足然后知恋爱",就是这个道理。

菊池现在不但每天花费一个上半天埋头写着通俗长篇小说,同时也正继续经营出版事业——就是"文艺春秋社",这个出版社以《文艺春秋》月刊杂志为主,此外还有几种消遣性质的杂志,也是该社经营的。

这一次日本的外务省为什么要派遣这位文坛富豪到"支那"来推

进文化工作呢？是不是他的三角四角的恋爱小说适合国人的胃口？我想不见得，写三角四角的恋爱，国内早已有菊池的私淑弟子，似乎不必劳动他的大驾了。在我看来，菊池虽是一个文人，但是兼有资本家和政治家的身分，他的《文艺春秋》杂志就是一个联络资本家、政客、武人、官僚的工具。记得有一年他当了议员的候选人，居然四处演说，虽然没有当选，也不能说"空忙一场"，大概他的后面总有几个财阀或政客在那里捧他，这是毫无疑义的。

他对"中日关系"取怎样的态度呢？他曾说过这样的话："日本的殖民地发展，日本的文学就可以跟着发展。"你看，外务省焉能不派他？

扁平的鼻子，架上一副眼镜，浓厚的头发梳得卷卷曲曲的，矮矮胖胖的身体，这样的一位友邦文人，将在秋凉九月的时候来华，如来上海，内山书店的老板内山完造必将大忙特忙，四处拉拢，介绍上海的文人和他见面，大约不在"杏花楼"就在"新雅"。届时，中日两国文人实行交欢，共饮"老酒"，其乐也融融。中日文化，于是推动。我敢说，内山老板真是一个上好的媒人。

原载《立报》副刊《言林》，1936年7月8日。署名：毅纯

夏夜漫笔(五):介绍长谷川如是闲

家里养一匹猫,本是用来捕鼠的,此义人人尽晓,不必多讲。

诸君可曾看见贵妇人抱在怀中玩弄的"白毛金眼猫"(大概取名为"拿破仑"或"华盛顿"吧),不但不能够捕鼠,它看见老鼠反而要吓得逃走。依据生物学家达尔文的学说,猫的祖先应该是老虎(确否待考),如"白毛金眼猫"之类,不免有愧于乃祖乃宗了。

于是有人对于猫的本能开始怀疑,俄国文豪柴霍甫就有一个短篇,描写拉丁文教授(他的姓名是彼得·台米耶尼兹基,以下略称教授)将赴学校授课,发现自己的《拉丁语文法》被老鼠啮破了,这其间他的佣人早就弄了一匹小猫来养在屋里。猫的年龄不到两个月,大概还没有捕鼠的能力。教授说,总得要叫它捉老鼠才是办法。他从学校回来,在路上买了一只捕鼠笼,那天夜里就捕获了一只小老鼠。于是教授叫用人把猫(老虎的子孙)抱来,他要实施"教育"了。不料小猫在捕鼠笼外嗅了几下,大约看见屋内的灯光明亮,人影往来,吓得只想溜走。教授捉它回来,放在捕鼠笼前面,掀起笼盖,让小老鼠出来。小猫看见小老鼠,追赶是追赶的,但是有气无力。这可把教授气坏了。从第二天起,小猫看见捕鼠笼就害怕,看见小老鼠就却步,教授恨得用脚去踢它。

这种小猫我是见过的,所以我读柴霍甫的作品时,觉得更有意思。

日本的批评家长谷川(姓)如是闲(他写文章用这个名字,本名是万次郎,1875年生于东京)也是一位猫的本能的怀疑论者。他写过一篇散文,题目名作《彼得的猫和我的猫》,文中曾引用柴霍甫的这篇作品,他谈起他所养的猫,也是一只不肯捉老鼠的。他把老鼠和猫关在一间屋子里,起先猫逐老鼠,然而等于嬉戏,老鼠逃开几步,猫也追上几步,或者绕着柱子追逐,追了一阵,双方都坐下来休息,老鼠看看猫,猫又看看老鼠,这时苦了旁边的"人",变成"丈二和尚"了。

长谷川说:"我打算唤醒猫的本能,叫猫唤醒它的本能,如同叫人唤醒'人性'一样,在猫应是切要的教养。"他称他的猫为"道德家",因为他把老鼠送到猫的鼻子前面,猫就后退,很是客气。所以他又说:"为了它(指猫)是一个人道主义者,我终于为它打杀一只老鼠,作了下手人了。但为的是要教育它的原故。这是奇妙的教育思想,也是奇妙的教育手段。教育的目的,在使猫能够唤醒它的本能,然而教育的手段,则是由人来行使残忍,结果反使猫变作人道主义者了。"

长谷川的猫不仅不吃老鼠,甚至连"食物"和"动作"都和猫的本能离得天差地远。他说那匹猫每天早上要吃面包牛奶,菜汁咸萝卜。连主人嚼橡皮糖、含咳嗽糖,它在一旁也要分润一些了。主人到什么地方去,它也要跟着去。有时爬上高处,如树上或者屋上,竟至于没有法子下来,咪咪地叫几声,意思是要人去帮助它,扶它下来。

他的结语是:"猫的本能渐次忘却了,是谁之咎欤?"

长谷川的散文属于机智谐谑一类,有几篇对于现代文明下了恶辣的批评(可见他的散文集《犬,猫,人》等作)。他的思想似应归入自由主义者,他从前发表的小说戏曲,可说是对个人主义与资本主义制度的批判。他的《布尔乔亚的新闻事业》一文,对于资本主义社会的新闻有极深刻的批评,这里不能详论。

他于1905年毕业于东京法学院(就是现在的中央大学),曾入大阪朝日新闻社为记者,参加社会运动,创办《我等》杂志,后改名为《批判》,现仍出版。他的著作还有《现代国家批判》《现代社会批判》《如是闲创作集》等书。

据报载,他将偕菊池宽(参考《夏夜漫笔》四)来华,"推动"中日文化。是则"如是闲"将不免暂作"如是忙"了。

以一个散文家和批评家的身分来华,我们自无异辞。可是长谷川君来华以后,我们希望他能够认识中国的"猫",不尽是不肯"捉老鼠"的。

七月十四日

原载《立报》副刊《言林》,1936年7月16日。署名:毅纯

感时偶占
（二首）

一

走私渡头风急,流寇关中日多。
北鄙痛成俎肉,南陲忍自操戈!

二

楬橥抗敌易事,兴戎征夷难能。
何时抬头乐干?胜利拍卖欢腾!

原载《立报》副刊《言林》,1936年7月17日。署名:无堂

夏夜漫笔(六)

读子展的《再咏西瓜》诗,知道他为了小孩,买了西瓜一担。既是一担,大约也有十几个吧。浑圆的、椭圆的、绿油油的,放在屋角有一大堆,看去确是盛夏的风景。

我从前独身的时候(即还没有妻和子之谓),从没有吃过西瓜。买西瓜一片一片地买,有点不妙,要买就买一个。买了一个切开来,一顿吃不完,留下来要变味;又没有可以约来共食的人,所以索兴不食。

食西瓜人越多越妙,割瓜一个,有妻和子共食固然不错,与三五友人共食更好,能约陌生的左右邻舍,围桌食之,更是佳妙。

我如今食瓜,每喜人众,与食别的东西大异,自喜已得食西瓜之法。质之子展,或有同感。

原载《立报》副刊《言林》,1936年7月28日。署名:毅纯

夏夜漫笔(七)

在从前的封建社会里,有一种地位特殊的人,上天生他们出来,是专为发怒的。明太祖就是一个代表人物,徐一夔上《贺表》说:"光天之下,天生圣人,为世作则。"不料在太祖看去,"光"就是光头,"生"等于"僧","则"同"贼",于是赫然震怒,斩了一夔的脑袋。

近读萩原朔太郎的《虚妄的正义》,有《王者的悲哀》一条,大意说:"国王常怒,臣下寻思国王常怒的理由。结果明白了,国王之所以发怒,乃是表示他像一个国王,他有权威,发怒是项自然的事,不足为异。许多朝臣在宫廷中感受'宸怒',反而有一种习惯成自然的满足。国王不断地发怒,真因何在,没有一个臣下懂得,这倒是国王的最大悲哀。"

萩原氏的话,真是道尽了帝王的意识。但这种意识不限于帝王,在现社会里面,有一点地位权势的人,他们也有这种意识。从前我有一位朋友,他一天到晚板起面孔,像要大发一阵脾气似的,然而始终不见他发作,只是一年三百六十五日,天天怒容满面罢了。有一天,我问他:"老兄有什么冤仇吗?"他说:"你看,别人写的文章或者办事的成绩全是坏的,只有我写得好、办得好,如此下去,怎么得了!"他不说了出来,谁也不知道他怒容满面的真正原因,因此造成他的"最大的悲哀"。可是我听了他这一番说话之后,倒令我悲哀起来了。

原载《立报》副刊《言林》,1936年8月7日。署名:毅纯

夏夜漫笔(八)

此番参加"世运"的健儿,在国外连吃"鸭蛋",国内的舆论似乎不肯原谅,颇有挞伐之势。其实世运选手的失败,未出国以前,我们由于"预测"的结果不难知道一点。在这个时候加以挞伐,我以为大可不必。

挞伐的理由,大致是说花费许多金钱,结果满载"鸭蛋"而归,太不值得。这次参加的费用,公私合计,少算算也有几十万吧,这笔数目当然不能说少,把它放在国内,或者办体育学校,或者造体育馆,真是绰有余裕。如今送到国外,一无所得,仔细想想,说是太不值得,也是实情。

可是我们应该知道中国民族想要学乖,往往花费极大的代价。就以往说,庚子赔款这笔数目实在不能说小。赔了这么许多钱财,然后才学到一点儿"乖"。等到赔款退回之后,大家再利用退回的款子研究学问、翻译洋书、津贴学校,学"乖"学到这个地步,已很不错了。现在参加世运的公私人员,跑到德国去学乖,照中华民族的惯例办理,当然要花费相当的代价。也许别人的"运动精神""办事才能""组织方法",等等,能够看了一点回来,也说不定。照我们向来学乖必须花费极大的代价这一条定例来说,我们对于世运的失收,又何必加以苛责呢!

花费了几十万在"世运"身上,有人觉得肉痛,听说阔老有在"瑞士国"花上百万建造公馆,备将来亡国后,作海外公寓的,请问还有比较这个消息更可肉痛的吗?主持正义的言论家可以想一想吧!

原载《立报》副刊《言林》,1936年8月13日。署名:毅纯

昆　虫

昆虫之中,以"蝉"与"儿虫"两种最有"官派",只消看它那一副"头角峥嵘"的形象,便可证明我的话不错。

蝉在这几日叫得最起劲,自从在烂泥土里蜕化出来,好容易爬上柳树梢头。深秋快来了,势不得不多叫几声,表示得意。

儿虫是一种巨大的甲虫,头上有两只像树枝的长角。日本的小贼利用它偷取庙宇里的香钱,其法用绳系着它头上的一角,把它从香钱箱盖上的圆孔投下,它的脚就会抱住一枚硬币,提了起来再放下,又是一枚,如是者数次,直偷到和尚走出来为止。

一枚两枚也好,见了硬币就抱着不放,此其所以"头角峥嵘"了。

原载《立报》副刊《言林》,1936年8月24日。署名:中牛

谈用字

昨与友人闲谈,近人用字,时犯错误,甚至连"发明"与"发现"也分辨不清楚。

我提出一例说:有人喜用"会心"二字,如说"会心的微笑""读会心的书"等类,用是可以用的。但如说"穿会心的衣裳""讨会心的老婆",就不免牵强。

其实"会心"二字的适当用法,应该是"要吃一碗会心的饭",可惜还未见人用过。大约这种饭根本就没有,所以大家都不去用它了。

原载《立报》副刊《言林》,1936年8月25日。署名:中牛

再谈用字(一)

"阶段"二字,大家喜用。前日某报第二版登有订婚启事一则,说"我俩因感情与意志的结合,由朋友阶段走上恋爱的阶段",照此用法,不免还有"结婚阶段""洞房阶段""育儿阶段"一大套。

阶段阶段,一举一动,无非"阶段"。

原载《立报》副刊《言林》,1936年8月26日。署名:中牛

"熏,浸,刺,提"

前天报载,有一个女学生徘徊十字街头,寻觅她的"师父",一心要学剑仙剑客,自从武侠小说流行以来,这种怪事已经发生过几次了。

人生总有一个时期要去追逐浪漫或梦幻,此时看了这类小说,有人竟至入迷。

梁任公说,小说有四种力量,就是"熏,浸,刺,提",这话在现今估计起来仍有价值。由此可知文艺力量的伟大,无论好坏,总易使读者受到影响。如果文艺作品是指示光明的,读者便去追求光明。不幸这位女学生看了含有毒质的小说,受了它的"熏,浸,刺,提"等作用,于是深夜彷徨,寻觅"师父"。

文艺有教养民众的功用,含有毒质的小说是破坏健全细胞的,功用适得其反。

少年时代缺乏择别文艺作品的能力,这是教育家的责任,从小学时代开始,就应该使他们有一个比较正确的文艺观念。

原载《立报》副刊《言林》,1936年8月27日。署名:中牛

放鸟记

　　两个月以前,为了调和枯寂的空气,使小孩子在暑假中得到一点快乐,我买了一只小鸟,关在笼里。最初有人给换水添食,不料日子久了,大家都没有剩余的闲空,往往忘记照管,于是鸟瘦了,看去很可怜。

　　在小孩子暑假后上学的第一天,我终于开了笼门,让它飞出,然而它飞不动了,只能跳跃,好容易跳上屋脊,啾啾地叫了半天,不知飞向何处去了。我好像少了一桩心事。

　　关得久了,以飞出色的鸟要飞也飞不动。由此我想到环境的可怕,引起人生的烦恼。

　　不受环境的拘束,然后才能享受人生的乐趣。

原载《立报》副刊《言林》,1936 年 8 月 29 日。署名:毅纯

再谈用字(二)

昨天有大学生入学试验的国文考卷,十卷中有三四卷喜用"一切的一切"这五个字。

现在高中的国文课程,有的由教师亲发讲义,专读古文,有的读各大书局出版的国文课本,内容文言文和白话文参半。在古文里面当然不会有什么"一切的一切",就是今人写的文言文或通顺流畅的白话文里面,也不容易找到什么"一切的一切"。这事令我诧异,究竟这五个字是从什么地方产生出来的呢?

如果说它是从翻译来的,那么,英文的"All in all",只消译作"心中最钟爱的"(其余都不在心上)、"全体"、"全然"、"完全"等好了,何必另创一个"一切的一切"呢?至于日文里面,根本就没有"一切の一切"的成语,所以也不见得是直译自日本文的。

现今青年作文,每喜用这五个字,大约另有新意,亟愿领教。

原载《立报》副刊《言林》,1936年8月30日。署名:中牛

西 风

办杂志的人总希望销数多,最好人手一编,在营业室的墙上,挂起"不胫而走""风行一时"的匾额。

在十年前,我曾经有过一种理想,打算约集十个友人,以趣味相投者为限,每人每月出资五元,印行一种薄薄的刊物,内容专载平淡的散文。此种刊物不求畅销,只希望分送各地的友人,即令资金完全亏蚀,也不要紧,反正只有五元,办法与营利的完全不同。其唯一目的,就是看到了自己所愿意看的东西,正同亲自走进厨房烹调自己爱好的食物一样。

昨天收到黄氏昆仲编辑的《西风》月刊,翻看一遍,正是我个人所需要的一种杂志。其中最好的文章当数《父亲的后悔》《铁肺的故事》等篇。《西风》出世,能够"不胫而走",自然很好。纵然只销五本,也无损于它的价值。

原载《立报》副刊《言林》,1936年9月3日。署名:毅纯

"漫文"

在望平街一带,常常看见乞儿抢夺残饭的举动。因为看惯了,便也无心去追究这件事的原因,只当它是一种普通乞讨的行为。

最近看了上海内山书店主人著的《一个日本人的中国观》,他对于此事,下了这样的观察:

> 由包饭店运了来的饭食的全部,依契约言,已属卖死了的货品,自移交入顾客的手的时候起,所有权便也转在顾客一方面了。
>
> 顾客以有所有权的关系,而食用之;但对于吃剩了的东西,则又放弃其所有权,而委之于运搬的苦力。运搬的苦力原只任运搬之责,不能谓有什么所有权。如此看来,包饭的剩饭便变成没有了所有权的落空的东西了。于是在生活中落了空的叫化子先生遂得起而主张其当然收得权。统观此事,亦极有道理也。(引见尤炳圻君的译文)

诚如鲁迅先生在此书的序文里所说的："就是读起那漫文来，往往颇有令人觉得'原来如此'的处所。"

看了内山君的解释，我也有"原来如此"的感觉。

"漫文"的写作，原是日本人的一种特长。所谓"小中见大"者，便是指这种文体。内山君的著作，较之自称"支那通"写得有趣多了，颇有一读的价值。

原载《立报》副刊《言林》，1936 年 9 月 9 日。署名：毅纯

编辑者的态度

上月曾为《宇宙风》的"日本与日本人特辑"写了一篇文章,约略谈到编辑者的态度问题。今天觉得余意未尽,再来咕噜几句。

假设有一种刊物标榜某种主张,挂出了"本店只收某项货色"的招牌,其中所刊的文章,当然是"整齐划一"的。可是一般的刊物,就只好根据某种标准,罗致式样不同的文章,借此吸引各方面的读者。纵使有人责备这句话带着江湖气味(亦即 Journalism 的别解),我也不辞,因为要做一个彻头彻尾的"记者"(Journalist),非如此不行。

前些时《言林》刊载了永康君的《至情文学》,过两天又刊载了周楞伽、陈子展两君批评《至情文学》的文章,那时有读者来信,认为无异在同一刊物上"打架"。但在编者看来,他们三位的文章,都言之成理,故乐为刊载。同时也有一点愿望,就是借了永康君的文章,可以引出反面的文章,让大家去选择适合自己口味的东西。即令果如某君所说,他们真在"打架",我敢担保,最多不过一二回合而已。假如有一天《言林》奉某种主张为"中心"时,则编者自当放弃这种态度。

最近出版的《中流》半月刊创刊号,有黎烈文君的《献辞》,他的措辞最为公正。为办杂志而办杂志的人,或者要做一个彻头彻尾的"记者"的人,是不妨拿来一读的。

原载《立报》副刊《言林》,1936 年 9 月 11 日。署名:毅纯

文墨余谈：读了曹聚仁兄的"笔下留情"

读了曹聚仁兄的"笔下留情"，我也有几句藏在心里的话，想乘这机会说了出来。

报章杂志这东西，我们只能当它是一种公众的武器而不可视为一种私人的武器。如果利用它去伤害任何个人，图遂一己的私忿，这在道德上无论如何是说不过去的。不幸这种事实在目前的报章杂志上时时出现，我们不能不说这是记者道德的堕落。

有权力编杂志的人，在他自己办的刊物上任意造谣诬陷，这是极其容易的事情，但是结果于人无损，于己只博得一个"泼粪"的臭名，不见得怎样合算。

再说目前报纸对于私事的记载，总是不厌求详，例如女性受凌辱一事，除开直书真实姓名、年龄、籍贯、职业、住所之外，甚至她的父母兄弟、姊妹、朋友等，恨不得一箍脑儿公布出来，这真是何苦来！这种例在日本报纸上就不同，一定隐其真姓名，由记者另造一姓名，而于其下注"假姓名"字样，稍稍为被辱者留些体面，因为她还要世上做人呵!

在今日来谈新闻道德,不免总要碰一鼻子的灰,但"人性"还在,不能不谈。

原载《立报》副刊《言林》,1936年9月14日。署名:毅纯

《言林》一周年

最近有一位研究新闻学的凌君作了一篇《立报论》,从很远的地方将原稿寄来给我看,打算在杂志上发表。在他的文章里面,本报的优点和缺点,他都约略指出。他说这《言林》一年来所刊载的文章,多数随着"新闻"走的,能够接近现实;在某一时期发表的文章,颇能尽责。凌君的话是否因为偏爱之故说出来的,我可不敢骤下断定,还得请多数读者不吝指示。

有句俗语说:"杀猪宰羊,厨子先尝。"《言林》一年以来刊载的文章,将近一百万字。每篇文章的长度,在五六百字左右。编者每天看来看去,不外是这些短稿,真有点厌倦了。但是读者方面就不然,总希望《言林》的文章愈短愈好。在这个条件之下,别的文章是不适宜的,唯有采用随笔杂文,然后才能符合读者的需要。又因为地位有限,愈觉得这一块手掌大小的地方,十分宝贵。时时刻刻,提心吊胆,总想好好地去使用它。别人家的"地盘"广阔,随便怎样摆布都行,有时浪费一点也不在乎,但在《言林》怎么行呢? 一年以来,向作家索稿时,我的第一句话就是"要短些"!友人答应如约。可是他寄来的稿子在我看来仍然是长稿,但在作者看,以为短至无可再短了。这时我只好再要求他将稿子缩短一些。

有人说,短稿较长稿难写,其实也不一定,要看内容写的是什么东西。如果提起笔来,写一二则"身边杂事",如"黄猫跳墙""吾妻赴南京路购物"之类,有短短的几百字也就够了,有何难哉!但这种短文,恐未必是读者乐于接受的。过去《言林》所刊的文章,不仅在量的方面求紧缩,即在质的方面也求简捷有力,所以摒弃易写的短稿而刊登难写的短稿。

编者希望《言林》每天能够刊载五六篇简短有力的文章,但就过去说,离我们的理想还远。一百万字的短稿已经呈献于读者了,但是将来的二百万字呢?是则有待于作家的助力和读者的鞭策了。

一年以来,为《言林》写稿的作家,编者向他们行一个虔诚的敬礼。

原载《立报》副刊《言林》,1936年9月20日。署名:谢六逸

沪北行

多少恨；
□过市区中，
仿佛昔年一·二八，
弩张剑拔势汹汹，
萧杀起秋风。

[注]前日因事往沪北，见形势紧张，有如四年前"一·二八"之前夕。不禁感喟作此，写后观之，仿佛《望江南》一阕。然江南又复风声鹤唳，远非前人所谓"杂花生树，群莺乱飞"时比也。能不怆然！

原载《立报》副刊《言林》，1936年10月6日。署名：无堂

雾

我认识的一家小商店也搬家了。

我问那年已半百的店主道:"你为什么也要搬呢?"他说:"我搬家并不是因为害怕,老实说,这一次实在气愤不过,我们搬开,省得妨碍我方的……"

我静静地观察,这一次搬家,有许多人的心理跟这位店主同样。

上海的小市民阶级,和那些有钱有势做地产或投机买卖的人不同。这一次他们都下了决心,同仇敌忾,宁愿牺牲一家大小的生活,齐声说道,这口闷气非出脱不可。

我想民气已经到了最后关头了。

小市民的生活,原是在流着血汗度日的。所谓"市面"也者,就是全靠他们"维持"。必须有他们"维持市面",然后资本家与达官富豪才能撑起自己的门面。例如造几十层的大厦、造雕梁画阁的办公厅等。但是这个"市面",单靠少数阔佬能够维持得住吗?必须有这些小市民,就是做小生意,或者教书,或者作工的人。

大家辛辛苦苦支撑着过日子，用血汗换来的金钱付房租、买油盐柴米，这就叫做"维持市面"。

到了最后关头，谁也不愿意再苦撑着"维持市面"了。

然而"最后关头"也者，还在"雾"中。但我希望大家不要"垂头丧气"，不妨静候云雾的展开。

原载《立报》副刊《言林》，1936年10月12日。署名：毅纯

悼鲁迅先生

19日上午得到消息,知道鲁迅先生的病已无法挽回;中午噩耗传来,我们文坛的巨星竟长逝了。

鲁迅先生在文学上的成就,在中国是第一人;他的操守的坚贞,在中国也是第一人。

鲁迅先生不死!

原载《立报》副刊《言林》,1936年10月20日。署名:毅纯

鲁迅的谐谑

日本的文士某君称赞鲁迅是中国的"夏目漱石"(即《草枕》《我是猫》的作者),这是指他的风格说的,其谐谑处确与夏目氏相像。至于尊鲁迅氏为"中国的高尔基",则是指他的思想说的。

鲁迅有一篇随笔,题目是"新秋杂识",开头就写着:

"秋来了!"秋真是来了,晴的白天还好,夜里穿着洋布衫就觉得凉飕飕。报章上满是关于"秋"的大小文章:迎秋,悲秋,哀秋,责秋……等等。为了趋时。也想这么的做一点,然而总是做不出。我想,就是想要"悲秋"之类,恐怕也要福气的,实在令人羡慕得很。

这几句还算是平淡的,以后的文章就不同了。

……科学我学得很浅,只读过一本生物学教科书,但是,它那些教训,尤是植物的生殖机关呀,虫鸣鸟啭,是在求偶呀之类,就完全忘不掉了,昨夜闲逛荒场,听到蟋蟀在野菊花下鸣叫,觉得好像是美景,诗兴勃发就做了两句新诗。

　　野菊的生殖器下面
　　蟋蟀在吊膀子

　　写出来一看,虽然比粗人们所唱的俚歌要高雅一些,而对于新诗人的由"烟士披里纯"而来的诗,还是"相形见绌"。写得太科学,太真实,就不雅了。如果改作旧诗,也许不至于这样。生殖机关,用严又陵先生译法,可以谓之"性官","吊膀子"呢,我自己就不懂那语源,但据老于上海者说,这是因西洋人的男女挽臂同行而来的。引伸为诱惑或追求异性的意思。吊者,挂也,亦即相挟持。那么,我的诗就译出来了——

　　野菊性官下,
　　鸣虫在骚肘。

　　虽然很有些费解,但似乎也雅得多,也就是好得多。人们不懂,所以雅,也就是所以好,现在也还是一个做文豪的秘诀呀!

他又在《父亲的病》(收入散文《朝花夕拾》)一文里写道:

　　芦根和经霜三年的甘蔗,他就从来没有用场。最平常的是"蟋蟀一对",旁注小字道:"要原配,即本在一窠中者。"似乎昆虫也要贞节,续弦或再娶,连做药资格也丧失了。但这差使在我并不为难,走进百草园,十只也容易找,将它们用线一缚,活活地掷入沸汤中完事。然而还有"平地木十株"呢,这可谁也不知道是什么东西了,问药店,问乡下人,问卖草药的,问老年人,问读书人,问木匠,都只是摇摇头。临末才记起了那远房的叔祖,爱种一点花木的老人,跑去一问,他果然知道,是生在山中树下的一种小树,能结红子如小珊瑚珠的,普通都称为"老弗大"。

"踏破铁鞋无觅处,得来全不费工夫"。"药引"寻到了,然而还有一种特别的丸药,散鼓皮丸。这"散鼓皮丸"就是用打破的旧鼓皮做成;水肿故名鼓肿,用打破的鼓皮自然就可以克伏他。清朝的刚毅因为憎恨"洋鬼子",预备打他们,练了些兵称作"虎神营",取虎能食羊,神能伏鬼的意思,也就是这道理。

诸如此类,可以证明他的谐谑与"幽默"有天渊之隔,不含一点油滑、轻佻,称它为"没有春的刺",不知妥贴否?

原载《立报》副刊《言林》,1936年10月21日。署名:宏毅

挽鲁迅先生

鲁鸡啼甫旦,

迅尔溘然逝!

先路千千言,

生年五五岁。(周岁)

精心何洁白,

神志特坚锐!

不料乍西归,

死哀人尽涕!

原载《立报》副刊《言林》,1936年10月25日。署名:无堂

反对绝食救国

最近有人提倡绝食救国,各地都有人响应,这种爱国的精神,原是可佩的。不过在我看来,有几点很不妥当。第一,绝食运动是没有永久性的,以绝食一日的所得贡献国家,固然不无小补,但我们不能常常绝食,因之捐款仍然有限。第二,绝食一日,无论身体强壮或孱弱的人,一样受害不浅。身体强健的人绝食一日,将减少工作效率;身体孱弱的人绝食一日,难免生病,这个更要不得。第三,如果由学校机关来提倡绝食运动,就不免成为被动或勉强的举动,绝对没有好结果,无非鼓励大家去做阳奉阴违的官样文章。其次,绝食一天,到了晚上,肚皮咕咕响时,定必三朋四友,聚拢来大吃一顿;或者一人独吃精美的东西,其所消费必多于一日三餐的费用,徒引人走上虚伪的路,真是得不偿失。第四,绝食一事,向来只当做精神上的抵抗手段,并无一丝一毫的积极性。在这个国难严重的时候绝食,将他看作精神上的表示已经勉强得很;将他当作抵敌的手段更万万不可,虽说绝食一日,本为捐款,并非直接抗敌,但是容易使民众误会,令大家以为如此，就是尽了责任。我们如要在精神上表示，无论如何不应取绝食的办法；如要尽国民救国的责任，绝不是绝食一日便可了事的。

有上述的四种缺点，所以我劝大家不要仿效这个方法，还是采用有积极性的方法为妙。

原载《立报》副刊《言林》，1936年11月22日。署名：毅纯

新年谈文

教员:"你们要我讲什么?"

学生:"请你谈谈写文章吧。"

教员:"我们不妨从'牛''鼠'谈起。现在的文章有'吹牛拍马'和'鼠头鼠尾'两种。上海有一种人,白昼提笔写吹拍的文章,看去一本正经,代人发通电、草宣言,做一个'高等跑包';到了晚上,摇身一变,就可以写鼠头鼠尾的文章了。可怜为了几粒残饭,不惜磨牙拈须,吱吱不休,但是写出来的东西总是鬼鬼祟祟,不脱'鼠目''鼠技'的本色。这么一来,读者就被他骗过了,这就叫作两重人格。

"我又想起庄子说的'鼠肝虫臂',再从'鼠'谈到'虫'吧。夏天有一种虫叫作螳螂,它有一副镰钩,别的昆虫羡慕它,说它的镰钩锋利得很,你们可知道它的镰钩是作什么用的?它们为了'食欲',舞动镰钩;这且不管,但雌螳螂和雄螳螂交合之后,雌的便用它的镰钩杀害了雄的,忘了雄螳螂是为它下种的了。甚至有时雌螳螂得意忘形,用镰钩剪了自己的肚腹。文人说话不敢用正正堂堂的态度,又没有胸襟接受他人的批评。镰钩虽然锋利,又与雌螳螂何异?

"吹牛拍马,牛马无罪,而人自拍之吹之。老鼠螳螂,生物本性,其实难怪。奈何现在的人,一心想学老鼠螳螂,真是'跑包文人'之器小哉!"

原载《立报》副刊《言林》,1937年1月1日。署名:宏徒

如何消灭汉奸

清末某君写了一篇《汉奸论》,为汉奸下一解释曰:"所谓真汉奸者,助异种害同种之谓也。"

我们所要消灭的是真汉奸。

消灭一个"投毒药入茶缸"的汉奸比较容易,因为茶缸旁边有民众。虽然不免有冤枉,但这要怪民众没有组织,过于感情用事。

消灭黄秋岳之辈比较困难,他不仅会投"毒药",他还有"迷魂汤"——他会作诗也会写字,于是乎喜欢风雅的人大上其当;喜欢"道貌岸然"的君子的人,也大上其当。

真汉奸或大汉奸容易放过,而嘴上留着小胡子、身材短小的人,不免挨打。因此我们要注重切实的办法。

1. 健全各种团体组织。
2. 清查大小公务人员。
3. 实施连坐法。
4. 非战区各地加强保甲组织。

5. 充实反间谍工作。

6. 奖励告发。

7. 奖励自首。

(借救济事业营私舞弊者亦视为真汉奸,应密查若辈行径。)

八月二十九日

原载《立报》副刊《言林》,1937 年 9 月 3 日。署名:宏徒

编辑余墨

到了今天,《言林》已经生长了两年。

就上海一地的报纸说,性质和《言林》相似的附刊,能够活到两岁,总算是长命的。因此编者约了几位作家,给我们写了几篇短文章。

当我约稿的时候,我并没有限定题目。可是收到的几篇文章,作者不约而同,都写出他们对于本报的印象。不但是期许殷切,而且过分地夸奖我们,我揣测这几位先生的意思,大约是鼓励我们,要我们再努力奋发。故此时暂不加以指摘,姑且夸奖几句,好让我们自己反省。

两年以来,大家都欢喜到这里来说话,而且抢说在先,所说的又大多针对着现实,但仍不脱离文学的风格,因此才能撑持至今日。这是编者最为感激的。

今后的《言林》,永远是年青的、前进的决不畏惧任何势力的残害。这一点我敢向爱护我们的先进和亲爱的读者报告。

原载《立报》副刊《言林》,1937年9月20日。署名:谢六逸

上海新闻记者为争取言论自由宣言

我们都是以新闻事业为职业的记者,深知道我们的责任是要做民众的耳目、民众的喉舌,要把国家民族所遭遇的实际情形,坦白地报告给读者;为了国家民族前途的利益,说民众所必要说的话。但是,几年来环境的束缚,我们正确的报导,不能刊登在报纸上,我们连受良心驱使所要讲的话,也不能披露在号称舆论总汇的报纸上。每天翻开报纸,寻到我们辛勤得来的可靠消息,已经变成一大块空白,或者成为几百个几十个方框,或者是用了一块报馆的广告抵补着,我们心中的悲愤,当然比任何读者为甚。因为我们身历其境,当然对违反全国民意的新闻检查制度,和报馆奉令唯谨不敢稍违的态度,更觉痛心疾首!

在这整个国家整个中华民族的存亡关头,我们决不忍再看我们辛勤耕耘的新闻纸,再做掩饰人民耳目、欺骗人民的烟幕弹,更不忍抹煞最近各地轰轰烈烈爱国运动的事实披露,我们认为言论自由、记载自由、出版自由,是中国国民应有的权利,就是在中国国民党第一次全国代表大会宣言所列载的对内政纲里，也有明文规定，到现在为止，秉政的中国国民党政府各级机关所每星期诵读的总理遗嘱中，还明白昭示国民党同志、各机关公务人员，"务须遵照"着"继续努力，以求贯彻"的。所以我们不必向什么机关请求、哀乞，我们应该自己起来，争取我们自己所应有的自由！

在整个中华民族解放斗争的阶级上，报纸应该是唤起民众，组织民众，反抗一切帝国主义者侵略压迫的唯一武器，要这个武器发生运用的功效，只有先争取言论自由！因此，我们坚决地主张：

1. 反对新闻检查制度的继续存在！

2. 检查制度虽不立刻撤销，一个自己认为还算是舆论机关的报纸，绝对不受检查！

我们固然坚持言论自由的原则，但对徒利敌人的消息，如关于外交、国防、军事之类，当然不愿轻率披露。不过，对于现阶段的中日问题我们一定要公开披露。这理由很简单，人家已经蹂躏了我们的同胞，侵占我们的土地，还要更进一步地使我们全国的同胞都做它的奴隶，试问在这种情形之下，还有什么外交谈判可说？一个"人"被人打了，打得受了重伤，还有脸俯伏在他人的胯膝下喊"亲善"？"提携"？我们想：在任何民族里都找不出这种十二万分的奴才坯子！就是连最低贱的人，也决不肯做如此勾当吧！当然，我们很信任提倡礼义廉耻的政府当局，决不会这样干的！那么，现阶段的中日问题，还有什么不可坦白昭告全国的地方呢？

最后，我们抱着满腔热血，提出下列口号：

1. 根本撤废新闻检查！

2. 随时公开对日外交！坚决反对任何屈辱秘密协定！

3. 以全国的力量,收复失地！

4. 要复兴民族,恢复国权,必须实行言论出版集会结社的自由,以集中全国的力量,收复失地,争取中华民族解放的胜利前途！

顾执中　庞学棠　谭丹辰　萨空了　谢六逸　钱　华
钱台生　蒋宗义　卢天伦　蔡竞雄　鲁少飞　郑梅安
翟怡承　裴顺元　褚保衡　舒宗侨　冯肇梁　恽逸群
杨卓云　杨半农　杨宗凯　傅宗常　苏德政　程耕农
黄静庵　章先梅　郭步陶　张若谷　张常人　张志韩
许白雁　崔万秋　陆　诒　唐惠平　徐心芹　陆思江
原洗凡　原景信　徐　柠　徐怀沙　凌鸿基　侯选青
陶素珍　倪蝶荪　卓俞廷　胡卓人　金摩云　芮信容
沈吉苍　沈千里　沈颂芳　吴中一　吴树人　吴汉伦
吴苏中　邵伯南　李宜东　成　讷　朱一熊　朱圭林
朱全康　朱永康　朱亚杰　朱超然　伍凫冰　史济兴
包天笑　石昭泰　王启煦　王乃勋　卜少夫

原载《大众生活》,1936年1月第1卷第9期。署名:谢六逸、顾执中、庞学棠　等

智勇双全

——极好的漫画材料

战事的取胜,专恃兵器是不够的。古时孙膑用了"减灶"的计策,大破魏兵,传为佳话。德国名将鲁屯道夫更将艺术来比喻战事,他说:"战事出奇制胜,也是一种艺术。艺术家须先精手艺,做主帅者也是如此。"

在前线作战的我国健儿屡次打败日寇,我相信他们不一定依靠武器,我常常想,他们还有许多出奇制胜的方法,就是说他们有极精的"手艺"。不过因为事关军事秘密,报上也不便发表,因此我们不知道。所以每天报上只登载一些"用机关枪扫射、手榴弹猛击"的呆板战事,虽然不能把我军的英勇完全描绘出来,但事实上不得不如此。我们读了,已经觉得在前线杀敌的勇士,他们的"英雄的动作",真令人敬佩。

漫画是一种艺术,可以讽刺敌人,也可以暴露敌人的弱点,不过这仅是消极的作用,最好能把我军的忠勇,用画笔画出,更可以激发抗战情绪。本报的阅者多为前方的将士,可恨我不能绘画,在本报上不能有所贡献。但我今天看见一段描绘我军机警勇敢的记事，我敢介绍于前方的健儿。

有一个外国兵在宝山路口，看见百余个日本兵攻击我军，我军只有三人，他很替我军担忧。但我军三人中的二人，忽然把自己的钢帽交给另一兵士，共曳一重机关枪而去。那一位没有离去的兵士，从沙袋上面露出自己的钢帽，用两手拿着同伴的钢帽，布为疑阵。当敌军爬行前进时，那两位勇士已经绕至敌军侧面，开放机关枪。同时留在沙袋后面的勇士也丢了手中的钢帽，开机枪扫射，敌人不知我军从何而至，死了数十，大败而退。

这就是"出奇制胜"，也是"善战者因其势而利导之"。

像这种"智勇双全"的行动，我相信一定很多，可惜我们知道的太少了。

原载《救亡漫画》，1937年第4期。署名：谢六逸

《世界报纸展览纪念刊》发刊辞

民国二十四年十月,欣逢本校三十周年纪念。新闻学系师生在李登辉校长指导之下,曾经开了一次"世界报纸展览会"。由于校外各界人士的帮助、各位教授的指导以及负责同学的努力,经过相当时期的筹备,终能如愿完成,也算是一件强差人意的事。

我们筹办"世界报纸展览会"的目的,大致如下:

1. 这几年来,我国报业顺应时代的要求,确有进步的趋势。但世界各国报业,也有高速度的发展。我们如不愿闭门造车,我们的眼光便应"向外看"一下。就是取人之长,补我之短,故将收集所得公开展览,聊供我国经营报业者的参考。

2. 我国报纸创始甚早。初期报纸虽然简陋,但富有历史的价值。其中还有报业前辈的言论丰采,也是我们朝夕景仰的。借此机会,把各种报纸的"幼年""少年""壮年"时代陈列起来,可以鼓励我们的事业,或者唤起我们研究的精神。

3. 我国侨胞在海外创办的报纸,为数正多,平时阅览的机会甚少；还有边疆各省、各都市、城镇的地方报，也不容易看见。现在收集陈列，便能比较观摩。

4. 一般民众对于报纸制作的经过，或印刷机器的进化与应用，在平时不易得到参观的机会。在此次展览会中，报纸方面不必说，在印刷机器方面，也尽力设法，请中外各厂家运来陈列，并且当场开动，使一般到会参观的人，都知道各种印刷机器的形式与效用。

5. 新闻教育与报业应谋合作。合作的初步，就是主持新闻教育的人与研究新闻学的学生诚心为报业服务，而报业经营者对于研究新闻学的机关，也应该尽量辅助，此次的"世界报纸展览会"，即使看为一种双方合作的表示，也未始不可。

因为上述的原因，所以我们创办"世界报纸展览会"。

我们为使"世界报纸展览会"筹备的经过、搜集的成绩、开会的情况，等等，能够留下一个永久的纪念，因此又出版了这一册特刊。

承我国报业行进，我国新闻学家、新闻界同志、本系毕业同学惠寄宏文，本刊增光不少，同人敬表谢意！

民国二十四年十一月二十七日，于复旦大学新闻学研究室

原载《世界报纸展览纪念刊》，1936年1月。署名：谢六逸

女明星登龙术

登龙术者，一登龙门，则身价十倍，盖成名之谓也。黄毛丫头，初出茅庐，纵有西施王嫱之美，沉鱼落雁之容，然困于下位，寂焉无闻，为影场之跑龙套，不亦悲乎。于是乎登龙术尚矣。

今日之大明星，昔日之黄毛丫头也。今日星光灿烂，照耀黑暗圈，仿佛北斗星高处北极，受千万人仰头赞拜而敬慕不止者，殊不知未登龙门时亦几个寻常黄毛丫头耳。然则一登龙门，其身价岂但十倍百倍已也。此登龙术，所以不能为未来女明星辈所忽视也欤？小子不才，谨为条疏数则，以为来者导焉。

桃色案是成名捷径。

艺人最难是出名，一出名，即使她的作品不好也就好了。所以，女演员要成名的捷径，聪明的办法是先使自己在社会出名。自己若有机会做了一件轰动社会的桃色案中的女主角，芳名立就可传播出去，此后准可名利双收了。张织云、蝴蝶、貂斑华，已死的阮玲玉，皆曾闹过几件桃色案的，她们的成功虽未必尽系于这些事件，然而利用这种弱点，使她们芳名散播于人口，其效力决不次于膺选为电影皇后。

裸体照是明星宣传的商标，有几位女明星，尝被讥为封面女郎，就是在自己尚未展施身手在银幕之上，早就利用许多裸体照片，登在各种刊物上作为自己的宣传了。色相毕露的无数出浴照，接叠地出现在书报上，使无数观众在不知不觉中对于她"画图省识春风面"而注意她起来，再加以几人一捧，马上就会成名了。裸体照诚是女明星宣传的商标啊。

慷慨解衣是成名的广播电台。

还有一种成名的秘密，是牺牲色相，慷慨解衣。这可作两种解释：一是牺牲色相，广结善缘，使受其布施者，皆能为之效劳，而共同建造其成功之塔。一是牺牲色相，迁就摄拍出浴镜头。观众因喜观出浴镜头，而羡慕演者，大名亦不难由此播传得出去了。这不是成名的一种广播电台吗？

原载《时代电影(上海)》，1937年第8期。署名：宏徒

救亡是唯一的大道

文艺的本身是可以独特发展的,但它不得不受政治、经济势力的影响。在政治未走上轨道,经济生活极端动摇的环境里,在文艺这一条大路上步行着的人,有的不免要中途折回,有的竟停滞不前了。

但是我们并不失望,中国人的当前的任务,乃是团结起来挽救危亡,打倒侵略者。民主政治的实现,已成为大家的要求。今后文艺工作者的路,就是救亡,这是唯一的大道。说得具体一点,描写农村工场的小说、含着教训意味的历史剧、救亡的歌曲,都是大众所需要的。

近年以来,因为时势的转移,读者与观众都有显著的进步。空虚的作品已为他们所吐弃,而我们的作家还有一部分停滞在个人主义的地带,这是很可惜的。所以今后作家的出产品,如非坚实前进的东西,就不容易存在,不过自生自灭罢了。

简单地说一句,短视的作家,看不见他自己的路。

原载《中华公论》,1937年第1期(创刊号)。署名:谢六逸

要需切实的工作

这一次的抗战,只有耐心持久,硬干到底,才能得到最后的胜利,因此后方的工作与前方的工作同样的重要。

但当前方将士浴血抗战的时候,后方的工作是否已经尽了最大的努力呢?我想未见得吧!

不错,我们组织了许多救亡团体,开会讨论了若干次,可是对于伤亡的士兵以及流亡的难民,还有许多应该做的工作很少成效的表现,这是什么原故呢?

我敢说一句,我们虽然在后方工作,可是我们的工作做得不切实,因为不切实,所以没有什么成效。

要怎样才可以称作切实呢?

我们不妨看一看旅美侨胞宣传抗日的方法,据纽约23日电云:

> 此间华人宣传,颇为有效,华人所设洗衣作,以小册子附于衣袋中,分送各主顾,吁请美人援助中国,以抵抗日本

侵略,现接到此项小册子者,已达数万人,华人洗衣作此举,已获有捐款若干万元,为南京政府声援。

自然,这种宣传方法必须依靠特殊的机会或环境,不是人人可以学样的。但我们要注意,这个宣传的方法,较之发表宣言切实多了。宣言虽然也有它的作用,可是总不及旅美侨胞所想出来的这个方法来得切实有效。

同时,我们看这几天上海的外报在替敌人作虚伪的宣传,例如说五万敌军在吴淞上陆的记载,中国飞机被击落若干架一类的不利于我方的宣传,公然地刊载出来,请问我们在后方担任宣传工作的人,对于这些造谣的外报,是否曾经采取有效的办法。如果对于这一件极容易应付的事也没有去做,即使做了,也做得不切实际,那么,我们还说得上"宣传"吗?

再以战时服务来说,当然,出钱的人也有,出力的人也有,不可一概而论。可是工作做得切实的,上海的童子军可以作一个模范,据25日《立报》的记载:

沪战十二天来,随着红十字旗的到处飘扬,童子军也活跃在前方后方,他们不辞辛劳,不怕艰险,已经为战事做了不少工作。

这里记者要先记录两个传诵一时的关于童军的事绩:

战幕揭开的一天,新闸路米店前有鬼子两名驾着汽车到来,买米数十包,正待开车运走。突然童军赶到,就卧倒车前拦阻,鬼子倒不是怕辗死人,只是给童军们这种勇敢的作为吓坏了,于是弃车而逃。米粮得未资敌,附近居民为之称道备至!

又在开战后某天,爱多亚路群众围殴"汉奸",童军见状,马上破众而入,将"汉奸"抱住,拳雨也就骤止,"汉奸"由童军带入捕房,查明毫无罪嫌,并非汉奸,也终算没有受伤,那个人和他的家属,对于该童军救他出险,都感激涕零,认为救命恩人。

前天,记者也曾亲见前线归来的救护车上的两位女童军,她们满面油汗,风尘仆仆,仍旧努力担架救护,真令我肃然起敬!

实际上童军们的工作是够繁重的,全沪男女童军已经参加战时服务团的有一千二百名,现在各救护医院、各收容所日夜都由他们担任救护和警卫,战争地带从真如到苏州,也全由他们负责运输情报等工作;市上各商店运米运煤,也得童军随车监护。真的,童军已成了维持后方秩序的功臣。

在这种种艰险困苦的工作中,童军们的牺牲是难免的。所以五年前"一·二八"时,五十团(市商会)童军曾有罗云祥等四烈士的殉难,前天南京路炸弹爆发,童军何国寿(五十团团员,年廿一岁,服务于九江路合成洋行,战时服务团第七七六号团员)又不幸牺牲在内。同样死在敌人的手里,事后尸体粉碎,只找到一张团员证章和一件血衣。何君英勇奋发,工作努力,他的惨死,是我们沉痛哀悼的。

我们相信一千二百位忠勇的童军的努力战时服务,已充分发扬了中国新少年的爱国精神,决不是捷克的"沙哥儿"、意大利的"巴利拉"所能比得上的;他们的参战,自然也比往意大利参加童军爬山露营的"将军之子"们光荣得多了!

童子军在平时也许不受人重视,但像前面所讲的,他们在战时服务的工作,你能说它不切实际吗?他们的工作所以能够切实,就是平时有组织、有训练、有规律、有精神。他们不懂得"雄辩主义""锋头主义"是什么,所以他们在必要时可以做一点切实的工作。

美国侨胞的宣传方法和上海童子军的英勇行为,已见于报章,我们大家都知道得很清楚。除此之外,我想一定还有人埋头在做切实的工作。

现在后方应做的工作实在很多,本文并非提出方案,不必列举。不过有几点我们应该注意:

1.有许多人没有机会参加工作,有的人往往以一人而参加几种团体,这对于能力的发挥与精神的集中有没有妨害?

2.我们不能不开会,但能不能先预备好许多切实可行的问题,提到会里去解决?

3.我们不能不讨论,但别人的意见比较自己的切实的时候,能不能放弃自己的意见,同意于别人?

4.我们不能不议决,但议决以后,能不能马上就去做?

5.我们做了以后,对后方是否有益,对前方是否有碍,我们能不能仔细考察或反省?

(8月26日)

原载《文化战线》,1937年第2期。署名:谢六逸

出版界动员问题

最近有人加某种出版业主以"文化商人"的称号，倒颇为新颖，言其平时借文化二字牟利，等到炮声一响，便赶快将大门关上。不应停办的刊物也停办了，契约也撕毁了。走去问他，他说："这是抗战时期呀！"你如果再问他为什么把一切都停顿起来，他可以滔滔不绝地举出许多理由。比如没有现款、印刷所不肯接受印件、邮寄不通、外埠不能够推销之类。在他的口中，总是言之有故，持之成理。这时编著人有什么办法呢？编著人是时时刻刻都想动员的，但在出版业主看来，你们编著人无非是为了几文稿费或编辑费。他呢，只知道"在商言商"。既然抗敌，社会秩序与平时的情形不同，在营业上很有亏折的可能，倒不如紧闭大门，保全了银行里的存款，才是上策。

在抗战未实现之前，文化商人口口声声以提高文化为职志，也不知道著作人是向他乞讨呢，抑或他是在调济文人的生活，总之，做得像煞有介事。抗战开始以后，出版界忽然烟消火灭。把前后的情形比较一下，不啻有上天下地的差别。坐令一般需要精神食粮的人发生饥荒，这是谁的过错？尤其是若干救亡团体需要宣传材料、演讲资料,中小学生需要战时特殊读物的时候,出版业主坐在一旁袖手旁观,这是合理的吗?

自然,出版业主的困难,我们不应该抹煞。可是一切困难是可以想法子来克服的。如果说出版业有困难,就可以将各种刊物停顿起来,则出版业以外的各种事业,也许困难更多,势必也将停顿,这事对于抗战的前途,将发生如何的影响呢?

在抗战时期,出版业以为最感困难的莫过于推销外埠的问题,但这层困难已经有"抵抗三日刊"克服了,就是在上海打好纸版,寄到汉口去印刷,同时也在上海出版。如果一切刊物书籍都采用这种办法,只要经理得人,我想是轻而易举的。

目前出版业不能放弃上海的原因,还有一个纸张的问题。听说汉口的纸张已经用完了,内地各埠平时就未积存大量纸张,这时当然也感恐慌。外商轮船到上海还不至于有什么问题,用纸的输入不至于中断,所以出版业可以不必完全放弃上海也成的。

如能一方面保留在上海的基础,一方面再向内地发展,出版业的困难就可以减少。此时就应该负起战时出版事业的责任,编印各种适应战时需要的书籍和刊物。

有人主张此时必须借重官方的力量来促进上海出版界动员,用意未始不善,但我却相信"官督商办",远不及"商办"好。如果文化商人还稍具天良,不做守财奴,我看还是自己动员的好。我敢担保这时动员起来,是有钱可赚的!

不知上海的文化商人,能够采纳我这下愚之见否?

原载《文化战线》,1937年第4期。署名:毅纯

时事集体讨论：我们应否对日宣战？·宣战就是最好的国际宣传

对日本正式宣战以后，我们的得失利弊如何，这一问题留待专家去决定。

事实上日本封锁我国海岸，捕杀我国渔船渔民，用飞机轰炸我国平民，杀害我国侨胞。如果我们仍替他保管汉口、青岛以及其他地方的产业，支付赔款，许大使也依然居留东京，这无异于表示一面抗战一面仍可随时恢复国交。这种情形如果持续下去，就国内说，无以表示牺牲到底的决心，同时华北一部分头脑混沌的军人政客仍可借"并未宣战"一语作为烟幕，与敌人的说客汉奸勾结，妨碍我们长期抗战的国策。就国际说，愿意和我们合作的国家，看见我们只是应战而不求战，在互助上势将犹豫不决。

敌人不宣而战是有利的。甲午之役日本先击沉中国的运兵船高升号，日俄之战也是日本先向俄国的战舰开衅。因为侵略者没有理由可以"宣"，如果"宣"了以后，反而给人以话柄。所以鲁登道夫说："苟一国于战事之始，自发表宣战之文，则其国民必目此首先宣言之国为攻击国。"(《全民族战争论》第六章)所以敌人为了掩护他的侵略面目,当然不宣而战。

我们是被侵略者,何不理直气壮地说出对日本作战的理由。不说别的,单是一纸"宣战文书"的本身,已经是最好的国际宣传了。

原载《世界知识、妇女生活、中华公论、国民周刊战时联合旬刊》,1937年第4期。署名:谢六逸

救国公债

全国抗战展开以后,我们政府发行救国公债五万万元,以我国的人口为比例,这个数目并不算多,何况是为了挽救民族危亡而向国民举债,所以人人都有踊跃输将的义务。

现代的战争,不仅决胜于坚甲利兵,也决胜于仓库的充实,兵力粮食都视财力为转移,财力充沛,胜利就有把握。日本帝国主义者不惜穷兵黩武,最近追加预算二十二万万元,较我们的救国公债增多数倍。这一笔巨款,将悉数变作了屠杀我们的炮火。我们为扫灭敌人,为了最后的胜利,当然要实践"有钱的出钱"这一句话。

可是现在救国公债的募集方法,能否做到令有钱的人出钱,还是成为问题。当抗战开始的时候,上海的有钱人,都纷纷购买外汇,像这种自私自利的人,他们肯拿出钱来购买救国公债吗?我们要引起政府的注意,对于这一类有钱而不肯出钱的人,必须用各种有效的办法,使他们的财产都变成救国公债。如果没有钱的人出了钱,有钱的人反而任他们逃避,这不是一个好办法。

至于救国公债的用途,不言自喻。救国必须抗战到底,因此公债的一分一厘,总得用在抗战的上面;而把不急之务,暂时停止,这样才可以节省行政的费用,增加军事的费用。

原载《世界知识、妇女生活、中华公论、国民周刊战时联合旬刊》,1937年第2期。署名:六逸

日本军阀的兽行

日本军阀派到上海来作战的海陆军遇着了我国英勇将士的抵御，屡次败北，于是羞恼成怒，便令空军四出轰炸，致令我上海近郊各乡村城镇，以及首都、武汉、江浙、安徽、江西、广州各都市的无辜人民，惨毙于炸弹之下者，不可以数计，极人世的惨景。一月以来，凡是"皇军"的"鬼畜性""恶魔性"，乃至于卑劣与无赖的特质，都全部显露出来了。

所谓国际公法与人道，在"鬼畜"或"鬼畜以上"的日本军阀眼中，早已不复存在。兽性虽然凶残，但遇着人性，还有驯服的时候，所以马戏班里也有狮子老虎。现在日本"皇军"的飞机队轰炸我国非战斗员与并非军事区域的城镇，已非普通的"兽性"二字所能比拟，字典上还缺乏形容此种嗜杀的鬼魔的词儿，称之为"鬼畜以上"，仍不能说出"皇军"的本质。

我们并不是想在笔头上讨便宜，只消翻开日本的报纸一看，不是说要"膺惩"中国军队，就是说我们中国军队是"鬼畜"。其实日本军人的鬼畜性本是古今一贯的。所谓"武士道"者只是一个早已绝灭的名词,嗜杀与残忍,成为日本"皇军"的精神了。这种精神,日本的民众因为受了虚伪宣传的蒙蔽。也许还不知道。

但是中国人民是怕轰炸的吗？轰炸只有坚强我们抗战的决心。炸弹落在一处,便永远留下不可磨灭的愤恨。纵或是三岁的小孩,也明白日本的军阀是非扫荡不可的。这就是凶残的标本,同时也是实际上的抗日教育。

恶魔！你尽管轰炸吧！我们的无辜人民虽然肝脑涂地,但没有白白地牺牲的,它将培养出新生的力量,向日本的军阀取偿！

原载《世界知识、妇女生活、中华公论、国民周刊战时联合旬刊》,1937年第4期。署名:毅纯

祝"女兵"

我们很幸福,因为我们逢着这样一个暴风雨的时代。日本帝国主义者的炸弹,使我们的抗战的情绪更加热烈。

烽火连天,无论男女,大家都站在自己的岗位上,埋头在做工作。现在又有七八位年青的女士,她们每天除了做自己的工作以外,还有剩余的时间,她们不甘于沉默,想借笔墨来作战,稍尽呐喊的任务,于是集合同志,刊印了《女兵》。

她们自己写稿,自己发行,连印刷费用也是由她们自己拼凑而来的。她们不辞劳怨,想在这个暴风雨的时代,用文字来唤醒其他沉迷于睡梦中的妇女。她们的力量虽然微薄,但是能够使女界多一人觉醒,女界的力量便增加一分。这就是《女兵》诞生的原由。

希腊喜剧作家亚里斯多芬写过"赖西司屈那太",借妇女的力量提倡和平,阻止希腊的内乱。我相信女性真有这种力量,她们可以阻止内乱,但也可以加强抵抗外敌的力量。自战争展开以来,我国已经觉醒的女性都正在贡献自己的能力。亚里斯多芬写的是喜剧,而我们中国的女性现在所创造的正是一出悲壮剧。

现在已不是专弄笔杆的时候,我们要一边写,一边做。我想《女兵》同人早已注意到这一点了。

当"出征"之始,我谨祝"女兵"。

原载《女兵》,1937年(创刊号)。署名:宏徒

战时的新闻记载

在抗战时期,新闻记者也是一名战斗员,他们沟通前方与后方,责任可说是极其重大。同时他们的工作也异常艰苦,并非局外人所能想象的。

战时的新闻记载,需要消息的正确和意识的正确,然后可以借新闻的力量去鼓舞、指导并团结民众。

近来上海的报纸,时有一种令人难以捉摸的记载。例如8月28日各报都刊出一条花边新闻,标题是:

日舰误认老鹰为飞机乱放高射炮

这一条新闻,当然是很有兴趣的,看过之后,我也哈哈哈,你也哈哈哈,但是天地间有许多可笑的事,往往经不起分析。我们试想飞机飞在天空,它的大小跟老鹰一样,就常识判断,高射炮的射程未必能够达到。这个消息是某船员在下午二时目睹的,可知并非星光月夜。

既然可以用高射炮射击,飞机也许飞得低一点,如果这一架飞机,并非"老鹰形的无声飞机",那么,传述这个消息的某船员可以"目睹",则人人都可以目睹了。大家"目睹"之余,敌人还要乱放高射炮,如非船员的视觉有误,(真是飞机,不是老鹰)就是敌舰的高射炮手是一个屠杀得发了狂的疯子。

像这样的一段新闻,能发生怎样的作用呢?

反之,我们对于游离失所的受难同胞的记载,把他们写得"污秽龌龊",语气之间,俨然如秦人视越人的肥瘦。这种记载方法,也只有显出新闻记者没有一点同情心,并且也太没有常识。

又如敌人的炮弹击中了某处或没有击中或者几乎击中一类的记载,也是值得慎重的。敌人从远距离发射的炮弹,击中与否,他们本来不知道,现在我们的报纸记载得清清楚楚,那就"既然击中",下次不妨照此再击;如未击中,也可以改变方向。像这样的记载,等于供给敌人以情报,我以为是很严重的。

至于战地通信员到前方去了一趟回来,事无巨细,痛快地发挥见一样写一样的伎俩,表示自己的能干,这也是值得考虑的。

战时新闻记者的工作虽是很艰苦的,但错误的记载,将不能见谅于读者,我们大家还是谨慎细心的好啊!

原载《抗战半月刊》,1937年第5号。署名:谢六逸

忆虬江码头

今年六月初头某一天下午,我在复旦大学的门前搭乘了开赴虬江码头的专车。

这时从翔殷路到市中心区一带,在那光洁的柏油路上,有不少的汽车来来去去。加以上海的六月,正是熏风拂面、风景宜人的季节。郊游的人着实不少,有的去看看哄动一时的虬江码头,有的也许是为了赶热闹去的。

我呢,就是去瞻仰上海市伟大建设事业的人群中的一个。

那一天,虬江码头还没有正式开业(记得是六月十二日开业的),一切平静。我在码头上徘徊了一阵,觉得规模宏大,远非浦江上游各码头所能企及。即使中国现在没有巨轮来停泊,让意大利邮船靠岸,总之码头上可以有一点儿收入,纵或不谈收入,单就"以壮观瞻"这一点着想也是怪有意义的。

在码头上徘徊,细看那些坚固的建筑,俯瞰脚下滔滔的江流,不觉一混就是两个钟头。

在归途的车上，我想此行不虚，这不是自力更生的气象是什么呢？向来我国最时髦的而且最舍得花钱的，不过是"活官造衙门，死官造坟墓"。如今有了这样一座雄伟的码头，在水上作贸易的人至少要顶礼膜拜的。

从虬江码头经过五权路，便直达市中心，我又瞻拜那一所雕阑玉砌的宫殿，在孙中山先生的铜像前面默默地敬了一礼。

今天是抗战后的一个月另四天了。早上翻开报纸，又看见"敌第九师团续到四千余人，于十三日下午在虬江码头上岸"的记载。于是我想起那坚固的码头外面，停着的乃是敌人的战舰。

不久以前，我军的忠勇士卒，为了防守市中心区，在五权路和敌军肉搏，三进三退，浴血苦战，惊天地，泣鬼神。但是他们为的什么？为了保卫国土，为了守护这些建设事业啊！

如今呢，虬江码头不用说，就连雍和华丽的市府也沦为敌人牧马之场了。

原来焦土抗战和爱好和平是难于并肩的。

谁说中国人不是爱好和平的民族？所以居然在火坑里种下了莲花！

如今我忆起战死在虬江码头的将士，我悲哀，我流泪！

我更忆起那担任艰巨的工程，建造那样的码头的工人。还有那些为了美化"市容"，土地被征收了，庐舍变卖了的农人，他们都漂流到什么地方去了？

我悲哀，我流泪！

一霎时,我又想起前方还有他们的忠勇将士。我相信,有一天,那虬江码头的岸边,永远不会有敌舰来停靠的。

原载《抗战半月刊》,1937 年第 3 号。署名:谢六逸

创刊的话

处现今情势之下,想创办一种刊物,倒也不易,因为财力难、人力难、环境难;既有如许困难,刊物大可不办。但我们不自量力,还想尝试一下,也并非无故:

1. 我们向来有一种信念,觉得周刊的内容,尽可采用日报的编辑方法,比方取材求其广泛,文字求其浅近,编排求其活泼;时间性与兴趣性二者,更应注重。文章的内容,大体上以智识的供给和时事的述评为主。使读者读了这种周刊,跟阅览日报有同样的便利,而所得的知识或者较读日报更有系统。

2. 我们常听人说,在目前,通俗的周刊,仍极适合大众的需要。通俗二字,在我们看来,乃是进步的而非退步的。一篇文章,易于理解,读起来津津有味,可以称为通俗,可是,如果存心开倒车或者妨碍人类文化的向上进展,这样的通俗,我们不敢苟同。

3. 在国难严重的今日,我们没有标新立异的主张。我们相信只有消灭各阶层的摩擦,上下一心一德,携手向民族复兴的大道走去,才可以挽救危亡。这种责任,凡是中华民国的国民,人人都有份儿。因此我们的主张,也就是全国人民人同此心,心同此理的主张。就国内说,我们希望和平统一的完成,维护国民经济的命脉,充实国防的力量。就国际说,我们愿意支持货真价实的强硬外交政策;对强暴者的侵略,不仅以闭户防守为能事,也应该有收复失地的决心。我们创办这个周刊的动因,只是略尽国民一份子的责任。

4.一种刊物,有为个人而办的,有为少数人而办的,有为团体而办的。本刊的目的,乃是为最大多数的读者而办的。所有的篇幅,从首页到末页,愿意全部提供于读者之前,希望大家都来发表意见,在不违反时代的原则之下,我们欢迎"公说公有理,婆说婆有理"的文章。夸大一点说,我们希望本刊成为全国民众的言论机关。同时我们希望本刊的生命能够永久,让大家有常川发表意见的地方。至于本刊的内容,能否做到切实有用,还得有赖于读者的匡扶。

5.近年以来,国内的定期刊物,好像有过"洪水时代",姑无论其是否旋起旋落,总之各色齐备、应有尽有。但适合一般社会需要的,仍旧是综合性质的刊物。读者一卷在手,可以随意翻阅,不致感觉什么困难,这就是它的长处。本刊的内容,决定采取这种形式。至于文章的格调,有的严肃,但讲义式的大文章,本刊竭力避免;有的轻松,但不致于浮滑。我特地提出来,并非有意出卖"狗皮膏药",老实说,本刊编辑同人,大半是以"教书"为业的,实际上,也就是一批"高不成,低不就"的角色,像我们这种人,在这个时代,能做些什么呢?充其量只能写写这种文章,我们所愿走的路,只是最"平凡"的路。

总括一句,我们以为实力的蓄积和问题的商讨,在今日较之空口叫啸更为切要,故敢以微薄的力量,创办本刊;如能成为大家交换意见的媒介,同人于愿已足,此外更无什么奢望。

原载《国民(上海1937)》,1937年5月7日(创刊号)。署名:谢六逸

今年的五一

五月一日照例是文明世界的一个耽心害怕的日子。可是今年的五一节总算又平安过去了。在这一天,世界各大都市都有盛大的示威游行。只有在意大利和日本,却不能公开庆祝劳动节。在德国国社党也有他们自己的劳动节,但工人是被迫参加游行的,不参加的就得扣除应得的工钱。希特勒又发表了演说:"工友们束紧裤带吧。新德国所需要的是大炮啊!"在法国和苏联情形可就完全不同了。巴黎有百万工人庆祝民主自由的胜利,莫斯科的数百万民众庆贺第二次五年计划的提早完成。在世界每一处地方,庆祝劳动节,都没有忘掉在飞机大炮下苦斗的西班牙工人。和平和自由,原来是不可分割的啊!

原载《国民(上海1937)》,1937年5月7日(创刊号)。署名:逸

棚户迁移

沪东区棚户四百七十六家,在4日那天,他们把相依为命的草棚拆除了。听说有一大半迁往兰路以东朝阳路一带,其他或搬出租界区外或流落不明。他们曾召开全体大会商讨"以棚治棚"。有棚户王某,因被大家发觉有违害全体的行为,指为汉奸,由大众决定罚洋五元示儆;并商定罚款,以一元奖励报告人,其余四元,用以救济临青路的被灾棚户。

这次他们向租界当局抗争,每户只得了十四元的津贴,便要自动拆除迁移;但服务租界的洋人,房租有津贴,汇兑有津贴,一举手,一抬脚,都要拿津贴,动辄几千几万放进口袋里去。这些钱从哪里来的,不是我国劳苦大众的血汗是什么呢?

可是我们不要轻视他们的团结力量,他们能召集全体大会、举发汉奸、罚洋示儆、奖励有功、救济灾难。他们度着艰辛困苦的生活也不忘记"团结御侮",这是多么令人敬佩啊!

原载《国民(上海1937)》,1937年5月第1卷第2期。署名:逸

读　经

报载冀察政务委员会通令中小学校读经，每周二小时。这个不成问题的读经问题，我们本不愿再谈。不过以冀察当局今日所处的地位而首先通令读经，是何居心，我们倒要请教。

推测冀察当局的意思，无非借读经来提倡旧道德，但是"哀莫大于心死，而身死次之"。"心死"二字，是我国的旧道德所最不容许的。现在的中小学生倒不致于犯这个毛病，本用不着"读经"。在历史上，有许多出卖国土的人物，他们的经书倒是读得烂熟的。在今日，郑逆孝胥也是一位读经的好手。可见"读经"一事，对于"道德"并没有什么帮助的。

原载《国民（上海1937）》，1937年5月第1卷第3期。署名：宏

张冠李戴

前天晚上,因为有了需要,翻开吉江乔松博士监修的《世界文艺大辞典》第三卷(中央公论社版),在 KO 字部里查一个字,忽然有一幅极熟的照像映入眼帘,原来是穿了一件素朴大褂的鲁迅先生。当时我颇希罕,因为鲁迅先生的头文字是 RO,怎会在此出现?但仔细一看在那照片下却分明地注着三字是:"胡适像",图旁的一段解说,也是叙述胡适博士的,于是我知道又是犯了张冠李戴的毛病了!

去年春假,蛰伏在图书馆里看百科全书,那是一套平凡社发行的《大百科事典》。偶然翻到一页,是解说中国广东香山县(中山县)的一项,上面也有一幅照片,是一座雄伟的琉璃宝塔,看来面熟,但我却不曾到过广东香山县,当然没有见过这塔的经验,于是仔细察看,才知道那是北平香山昭庙后面辽时所建的宝塔,怪不得面熟。因为在那塔下曾经乘过凉,睡过午觉,而我们的《大事典》的编者,却把它搬到香山县去了,我真佩服编者擎塔的伟力。

《大事典》之类,本来是最最需要正确的著作,像香山塔的错误还可原谅,而鲁迅先生的像当了胡适博士的像,那是饶恕不得的。因为前者未免太专门,而后者是已经近乎常识的知识,连这一点点的常识都不知道,还编什么辞典!

其实日本人研究中国学术,卓越的固然有,一知半解的却也占十之七八,尤其自鸣为"通"的人,更要不得。他们不但不知道自己的浅薄,并且还常眨着一幅轻视的眼色呢。

原载《国民(上海1937)》,1937年5月第1卷第3期。署名:鲁愚

青年自杀

"是何自杀之多也!"近一个月来,笔者常常有这个感触。考其自杀的原因,大致不外为了金钱恋爱两项,而自杀者又多半是青年,这确实是一个严重的问题。自杀者的痛苦,当然非第二人所能想像的,如非迫不得已,必不肯如此轻生,我们不愿深责。但在国家民族危急的时候,一般青年,不能应付环境,便以一死了之,这并非上策。本人一死固然容易,但对于整个社会的影响甚大,实在很不智,倒不如以自杀的这种勇气移用到解决困难的上面去。我相信能忍受自杀时的痛苦的人,也能够忍受环境的痛苦,能稍稍忍受一下,也许可以寻出解决困难的途径。同时我向新闻记者要求,对于用什么方法自杀的记载,应该谨慎登载才好。

原载《国民(上海1937)》,1937年5月第1卷第4期。署名:宏

东北大学学生请愿

外国报纸载着东北大学学生赴京请愿,这个消息想必是造谣的,我们希望它不确。可是假如确实的话,我们对于东北大学的学生不能不表示十二分的同情。该校风潮起后,听说没有正式上过一天课。而且学校的校址,好像也没有固定,有时说决定仍在北平,有时说在河南,堂堂一所大学,究竟设在什么地方,为什么这样举棋不定呢?还有一层,东北的青年,他们的遭遇最是不幸,"九·一八"以后,他们就失去了故乡,彷徨关内;现在他们更加上了失学的痛苦,看看绝"粮",我们希望政府赶快为他们选定校长,让他们能继续求学。

原载《国民(上海1937)》,1937年5月第1卷第4期。署名:宏

"浮尸"正名

　　天津的浮尸乱子去年闹过一次,今年又重新出现,这个似谜非谜的疑团,到现今还没有给我们一个明白的解答,这且不在话下。不料前几天报上登载着北方当局不许称"浮尸",应改作"毒丐之尸"云云。在我们看来,"浮尸"也好,"毒丐"也好,总之是中华民国的国民,"必也正名乎?"这才是正确的"正名"。既是中华民国的国民,浮了这么许多在河内,天津当局决难辞咎。不能说"毒丐"二字优于"浮尸",就可以不闻不问,也不能说"毒丐的浮尸"就是活该,我们希望这一件惨无人道的案子早一天水落石出,北方当局能够有办法。

原载《国民(上海1937)》,1937年5月第1卷第4期。署名:度

同文书院学生赴内地考察

同文书院是日本人在上海办的专科学校,大体以培养拓殖人材为主。该校的学生常赴我国内地考察,作"拓殖"的实习,对我国的交通产业以及其他方面,都有精细的调查报告,他们的作用也就可想而知了。我国的大学生近年来也有考察团的组织,可是意在游览,少有真实的成绩给我们看。因此我想起我国大学生责任的重大。

原载《国民(上海1937)》,1937年6月第1卷第5期。署名:宏

美亚绸厂工人绝食

6月1日报载美亚绸厂第一、二两厂及经纬厂工人千余名,集合在工厂门外,不肯走散,并且拒绝饮食,目前正在调解中,同时还有公益棉纱厂、内衣厂、布厂、中山炼钢厂也发生劳资纠纷。今年的罢工事件层出不穷,当然不是好现象。在国难严重的今日,我们希望双方都能够让步。可是目前的生活程度愈来愈高,资方如果不顾到劳方的最低限度的生活,那么劳方便要让步也无从让起了。

原载《国民(上海1937)》,1937年6月第1卷第5期。署名:度

七君子案开审

民国以来的笔祸事件，不只一次，但最能引起社会人士注目的，还得数"七君子"一案。他们被押，到现在已经半年了。笔者常在集会或筵席上，听着有人互相打听："七君子怎样了！"

七君子里面，笔者只知道沈钧儒和李公朴，我们在大学教授聚餐时，会过几次。他们两位的"美髯"，使我的印象较深。至于韬奋，我们从来没会过面，只有书信的往还，为的是我向他索文稿，他的回信总是说"不讲演，也不在别处发表文章"，结果我自己编的刊物始终没有得他的著作登载。举这一事而论，便可知他终日埋头工作，为学术努力的情况了。

他的著作，我倒是常读的，只觉得他的文笔，简劲得很。一篇文章，起头几句，总是平平常常的；可是愈到后来，愈是有力，句句打在读者的心上，而且句句话都是我们想说的，不过我们的笔难得写得那么出色。所以在国难严重的时候，一般爱国的国民，自然对他要顶礼膜拜了。

此外还有一位,对于我的印象也深。那就是史良律师,她的住所距我的很近,我每天走过她的门外,总得抬起头来看看高悬着的那块律师牌子,同时也想起报上常常提起的她的那位年老的母亲。

他们的案子,将在今日开审了。复按他们从前发表的救亡言论,再把目前的情势对比一下,笔者觉得他们所说的话,并没有偏激的地方。例如现今的"团结御侮",也就等于他们所说的"集中全国力量,抗敌救亡"。何况在西安事变、三中全会以后,情势变迁,政府正谋集中人材,开放言论,完成和平统一的伟业。全国国民,无人不相信这是事实。由此看来,从前他们所发表的救亡言论,如改在此时此刻发表,想来当局必能采纳若干部分,而不致于一概抹杀,甚至因以获罪。这是毫无疑义的。像他们这样的人材,想法院必能体仰中山先生的仁爱、蒋委员长的宽大,同时依顺全国国民的公意,判为无罪,让他们能继续为文化界服务。

原载《国民(上海1937)》,1937年6月第1卷第6期。署名:度

赈灾游艺会被禁

上海二十余学校的青年学生为了筹募四川旱灾赈款，在租界举行游艺会，经过许多的口舌，好容易决定6月8、9日两天在亚蒙戏院举行。但临时接到租界当局的命令，指为有抗×意识，不准上演。

演剧在租界被禁不止一次，我们也听惯了。但同时日德文化提携的产物——侮辱中华民族的电影《新地》却公然在上海公共租界开映，经我国文化界大声疾呼，要求租界禁止，但开映该片的东和影戏院依然上映到原定的日子为止。以此事而论，可见租界当局的态度。不免是"薄于此而厚于彼"。

以这两件事实相较之下，我们真太怯懦了。根本的办法，还是在于租界的收回。

原载《国民（上海1937）》，1937年6月第1卷第7期。署名：度

虬江码头开业

我国的建设事业,近年来显出长足的进步。不过建设事业有"生产"与"不生产"的区别。建造皇宫式的宇屋,固然美丽壮观,坐在里面倒也舒适优雅;可是投下数十万元的代价,国家所得的实益果有几何?

我们所希望的是:能够生产的建设事业愈多愈好,能够为国民造福的建设事业愈多愈好。

虬江码头是上海市建设事业之一,位居黄浦下流,规模很大,可以停泊巨轮,为租界各码头所难企及。报载已于12日开业。这种建设事业,是值得我们注意的。

记得从前也曾有人写过一篇文章,说是建筑这样的码头,难免有一天要便利敌人,这也并非过分消极之言。因为"人无远虑,必有近忧","一·二八"之役,敌人由杨林口上陆,迫我后方,我们的记忆还新鲜。今后一切的建设事业,必须附带国防的作用。就是说,在平时则供生产之用;在非常时期呢,就成为保护国土的堡垒。建设事业能够做到这个地步,才算有意义。

  自然,我写这段文章的用意,并不是单指区区一个虬江码头说的。

原载《国民(上海1937)》,1937年6月第1卷第7期。署名:宏

希特勒的尊崇

德国内政部长佛立克下令禁止取要人名字为儿童的名字,如希特勒、戈林(普鲁士总理)、郭培尔(宣传部长)以及任何政治要人的名字,一概不许取用。近有一女孩请许取名为"希特勒利克",也被当局驳斥不准。

从前皇帝的名字不许人民取用,连写字也要避讳,如仪字缺一撇之类,这是表示皇位的尊崇。但在民主国家呢,人民表示爱戴领袖,反而取领袖之名为名。

德国政治要人在生时不许别人取用他的名字,但在死了以后则如何呢?我家隔壁的一个西洋妇人,她手中牵着一匹形如狮子的玩物,就是取名为"拿破仑"的。

原载《国民(上海1937)》,1937年6月第1卷第8期。署名:毅

邹敏初解京

广东省政府委员兼国华银行董事长邹敏初因为操纵粤省金融,被解京讯办。

一国的政治上了轨道,应绝对不许官吏经商,更不必说"投机"了。但是我国的官吏,在习惯上,总不免有人兼营投机事业。

在目前,我们还想不出一种最好的方法,可以防止官吏营私投机,因为他们有优越的地位,可以事先知道政局的变幻,甚或制造消息,操纵市场,妨害国家的信誉。

在我们推测起来,广东有邹敏初,上海也有邹敏初的。前些时候,上海市场不是"极形混乱"吗?

行政院将邹革职讯办,大约是惩一儆百的意思吧!

原载《国民(上海1937)》,1937年6月第1卷第8期。署名:度

日本外交官的血型

人类的血液，一眼看去，总是鲜红的，张三李四的都是一样。其实如把两个人的血液混合起来，有的会起凝固作用，有的便不会。古人曾用这个合血的方法鉴别亲生子的问题。

卡尔·兰德新丁勒氏发现人类血液中有几种不同的型，他将它分为 ABO 三型。后来有许多学者继续研究，更发现了一种 AB 型。

A 型血液的长处是温厚、服从、谦让，富于同情心；短处是缺乏决断力，消极的、悲观的，易为感情所动。这种血液型的人去当外交官只好和人家签订丧权辱国的条约，所以是万万要不得的。

B 型血液的长处是淡泊、快活、敏感、果断、亲切、喜社交、健谈；短处是容易满足，容易夸张事实，遇事动摇、意志不坚强、缺少执着心。像这样的人去当外交官，大概以喝香槟酒、握手拍肩为能事。

AB 型兼有 A 型和 B 型之长，尤其是软弱无骨。

报载日本政府为准战时机构起见，由外务省医官新垣提出建议主张检验外交官的血液，只有属于 O 型者始为合格。O 型血液的长处是自信力强、意志坚决，不为外物所动，理智能抑压感情，精神力盛旺，决心之后无疑虑，主张坚定；短处是容易强情、顽固，缺乏融和性，缺乏谦让心，倾向于个人主义。日本人中，凡陆军大学出身的军人和棒球选手多属于此类血型。O型血液的外交官在国际议会席上，为了本国的利益，不惜让谈判决裂，有一种不屈不挠的精神。

日本人和台湾的蕃人比较起来，台湾蕃人的O型血液的比率较之日本人为大，可见野蛮的人，他们的血液多属于O型。现在日本的外交官要选用O型血液的人物，遇事刚愎自用，不顾正义，我们的外交官如果仍用AB型血液的人和他周旋，那恐怕仍旧只有喝香槟酒的份儿。

原载《国民（上海1937）》，1937年7月第1卷第9期。署名：宏

日人压迫我国留学生

日本警察对我国留日学生的压迫近来愈形严重,许多有为的青年往往无辜被捕,加以拷问,有的被逼回国,损失不赀。友人韦君本是一个埋头读书的青年,也被诬为思想过激,驱逐回国。可是一方面日本的浪人遍布我国各地,横行不法,好像是理所当然。我们要提醒当局保护留东的爱国分子,勿令他们受日人和汉奸的残害;同时希望国人随时随地严防日本浪人与其爪牙在我国的活动。

原载《国民(上海1937)》,1937年7月第1卷第10期。署名:度

国立大学联合招生

一些中等人家要培植子弟修完大学教育，在这个年头儿，真不容易。国立大学因为收费较轻的原故，所以投考者极其踊跃。往年国立学校招考新生，各自为政，分别举行，每次投考的学生总在千人以上。从今年起，国立武汉、中央、浙江三大学实行联合招生，分别在京、平、杭、沪、汉、粤各地同时举行。这个办法，对于选拔优秀学生和办事手续上都很有效果，不容否认。但是为学生方面着想，因为同时分地举行，他们只能投考一校，假使失败，只有等待来年再考，或者改考私立大学。如不用联合招考的办法，同时可以报名投考两校，在一个暑假里面，如考一校不取，还有再考一校的希望，不必等到来年。再说，即使投考甲校失败，便多了一次失败的经验，到了投考乙校时，也许有录取的希望。现在采用联合招生的办法，有志投考国立三大学的学生，机会只有一次。当局实行这个办法，当然先有一番缜密的讨论和计划，不过我们觉得对于学生方面的顾虑还欠周到，不能不引为遗憾。尤其在人民生计困难万状的时候，国立大学的门不应关得这么紧,致令一般好学的青年望"门"兴叹。照常理说,高级中学毕业生已经经过会考,会考及格,国立大学的入学考试就不必采取关门政策。联合招生的办法既然足以减少学生录取的机会,所以近于关门政策。我们希望教育行政当局考虑补救的方法。

原载《国民(上海1937)》,1937年7月第1卷第10期。署名:宏

撤销租界电影戏曲检查权

近年以来,上海租界当局对我国产电影肆意摧残,比如"九·一八""一·二八"等字样,在检查时也要删除,至于含有民族意识或国防意味的,更不必说了。话剧团体如须在租界内上演,也遭受同样的厄运,上月学生演剧赈灾,就受到无理的干涉。反之,日本帝国主义者所拍摄的辱华影片,如《新地》之类,竟许开映,并由捕房派探保护,说来令人愤慨。推原其故,就是因为租界当局利用电影戏曲检查权,不顾正义,蔑视我国主权,不惜袒护侵略者。现在上海各文化团体已于7月11日成立了"撤销租界电影戏曲检查运动会",议决向工部局提出严重抗议,并函请各华董及纳税华人会一致力争。我们认为这种抗争在目前是最为迫切需要的。我们要做到凡在我国领土内开演的电影戏曲,绝对不受任何外人的检查。至于抗争的有效办法,单靠外交当局的抗议是不够的,必须出于民众的直接行动,不达目的,不惜任何牺牲。希望全国文化界一致起来,作他们的声援!

原载《国民(上海1937)》,1937年7月第1卷第11期。署名:度

宋哲元谢绝捐款

卢沟桥事件发生以后,二十九军下级干部英勇抗战,顽寇的气焰为之稍挫,全国人民莫不感奋。尤其是一般劳苦大众,他们的薪给微薄,连养家活口也成问题,可是他们却愿意把血汗换来的金钱,三角五角地向报馆送,借以慰劳抗敌的将士。甚至于在苏州监狱中的七位爱国志士,也在艰难困苦之中,合力捐了一百元。可见在今日一有军人舍身保卫国土!就能获得全国民众的拥戴。至于捐款的数目,虽然不大,数万大军分配起来,一人所得无几,可是"千里送鹅毛",捐款者的热诚,是每一个军人都应该接受的。因为他们输捐的三角五角,乃是"热血"的表示,我们不能轻易渺视它啊!但事有出人意料之外者,上海立报馆把第一批捐款二千元汇出之后,宋哲元将军就来了电报,说是"愧不敢收,已通电璧谢"。宋将军不收捐款的真意如何,我们不敢妄加揣测。如说嫌少呢,当然不会。如说怕麻烦呢,二十九军司令部有的是军需官。大约总是在"和""战"未能决定的时候,如将捐款收下,万一不战,就不免有点难为情吧!反过来看,也可以说不收捐款,就是"和"的希望胜过于"战"的意志吧!再看宋将军在事件发生以后不赴保定坐镇,指挥军事,反而到天津去——那里是敌人的大本营,也是汉奸或准汉奸的集会之地。宋将军跑了去难道说就是专为的"和局"吗?将军先吊田代(华北驻屯军司令)之丧(天津十七日电),后握香月(田代的继任者)之手。(天津18日电云,宋偕张自忠等,18日午一时,在日租界偕行社会晤,二人互表歉意)但何必谢绝劳苦群众由血汗换来的捐款。将军啊!我们希望你努力应战。

原载《国民(上海1937)》,1937年7月第1卷第12期。署名:徒

鲁迅纪念委员会成立

我国文坛巨匠鲁迅逝世将满一周年了。关于纪念这位伟大人物的工作，早已着手进行，如编辑纪念册，出版全集，募集学术奖金等，向由许广平、茅盾、周建人诸君共同筹划。7月18日，正式成立了鲁迅纪念委员会，推宋庆龄为主席，在沪、平两地各设立办事处。关于纪念的办法，远如南洋、贵州，近如江浙，都有人来信提出意见。现在纪念委员会成立，对于工作的推进，更为便利。同时各方面提出的办法，也可以逐渐采行了。笔者以为纪念的办法，应分别缓急，逐步实施。如建立纪念堂、图书馆、博物院，购飞机等项，都是应该做的，只是非钱莫办，一时恐难筹集这么一笔巨款，只有列入第二步计划之内。其较易举办者，莫如唤起一般青年继续研究鲁迅的著作，使他的精神永远不朽。具体的办法，可由纪念会函告全国各大学的文科学生以及各地高级中学的国文教员，请他们自动发起"鲁迅作品研究会"，这个办法如能实现，将来全集的销售跟奖学金的募集都可收辅车之效。不过最大的目的,还是在于散播"鲁迅精神"的种子,不知纪念会常务委员诸君以为然否?

原载《国民(上海1937)》,1937年7月第1卷第12期。署名:宏

青年谈时事被捕

不久以前,有几位青年在外滩公园唱救亡歌,曾被巡捕捉去。此事在我们的记忆中,还很新鲜。

报载22日晚上,外滩公园有青年四人叙谈时事,关心国事的都聚拢来听他们讲,不料这四位青年,又被拘捕以去。

夏夜在公园里乘凉,谈论时局,乃是常有的事,并不违章。租界的统治者动不动就加以逮捕,显然是偏袒侵略者,为日本帝国主义作伥。四位青年在他们发表的"被捕经过"一文里面,曾经述及捕房巡长对他们说的话:"你们要晓得这里是租界,租界上面的公园里是不允许你们谈什么中国的时事的。"看啊!这是什么一副面目!中国并没有亡国,租界仍是中国的土地,为什么在租界的公园里连中国的时事都不许谈呢?租界的纳税人以中国人为绝对多数,现在连中国人谈时事都不可能了!我们要向纳税华人会与工部局华董要求,请赶快对租界当局提出抗议,保证以后不得再有同样的事情发生。

原载《国民(上海1937)》,1937年7月第1卷第13期。署名:宏

日军任意拘捕华人

时至今日,日军在华北等于"入无人之境"了。在天津占据招商局码头抢去价值百余万元的面粉,检查邮电不算之外,又将名记者王研石捕去,以前曾任冯玉祥先生的参谋蔡树堂也遭同样的厄运,听说都还没有放回。

日军的这种举动,一句话说完,没有一样不是表示"战时的动作"。而我们呢,还是和平,谈判,撤兵!

不管读经读得怎样精通,如对敌人实行"大杖则逃,小杖则受"的经训,是万万不行的。如不迅速抗战,日军的放肆还不止于这个地步。

原载《国民(上海1937)》,1937年7月第1卷第13期。署名:度

光荣的牺牲

南苑团河之役,我二十九军一百三十二师师长赵登禹,与敌人激战,负伤后仍冲锋前进,以身殉国;军官教导团教育长佟麟阁亦因督战阵亡。抗战开始,折我两员勇将,全国民众听到这个消息应该挥泪痛哭。他们两位都是上级军官,竟能亲冒弹雨,为国捐躯,真是我国军人的好榜样。冯玉祥将军的吊诗有几句说得好:"食人民脂膏,受国家培养,必须这样地死,方是最好的下场,后死者奋勇抗战,都奉你们为榜样。"本来文官不要钱,武官不怕死,原是天经地义,他们之死,重于泰山。假使全国的上级军官,个个都有他们两位的忠勇,不用说平津,就是东四省也不致于沦亡了。我们唯一的希望,就是上级军官人人都应有拼命作战的决心。冯将军的诗文又说:"你们二位在前面等我,我要不久把你们赶上!"一点也不差,全国的兵、农、工、商、学,如不愿作汉奸,都应该赶上他们!

原载《国民(上海1937)》,1937年8月第1卷第14期。署名:宏

治安维持会

　　日本帝国主义侵略我国的方式，是要用低微的代价，取得最大的利益，最好是不劳而获。它所用的方法，就是军事、政治双管齐下。军事姑置不论，就政治说，它利用一般汉奸来捣乱；利用一般准汉奸在战时奔走和平，实行分化的策略。此次平津沦亡，就有所谓治安维持会的出现，他们盗用维持治安的名称，实际上则为一种傀儡组织，替日本帝国主义作走狗。大敌当前，凡为中华民国的国民，非同仇敌忾不可，绝对不容与敌人有一丝一毫的苟且。如稍具心肝，何忍出此。但推原这种败类的由来，我们不能不反省一下。假使平时许可民众有组织或者能严格地训练民众，则一到战时，人人都成为战斗之一员，谁是汉奸，就可以铲除，何至于养痈成患呢！但亡羊补牢，尚未为晚，当此抗战的时候，希望政府赶快组织民众，同时让民众运动发扬起来！

　　原载《国民(上海1937)》，1937年8月第1卷第14期。署名：徒

恐日病

每逢时局吃紧的时候,上海总有几天的混乱,居民纷纷迁入租界。这种情形,不外是"恐日病"所造成的。"九·一八"以后,在朝者以为有堪察加(中国的)可以退守,在野的人以为租界是安全地带。但是现在的情形不同了,全国上下,只应该赴难而不应该避难;只应该死守而不应该放弃,我们相信恐日病的根绝,就在今日!

原载《国民(上海1937)》,1937年8月第1卷第15期。署名:宏

平津各大学南迁

平津失陷以后，南开等校被敌人的炸弹炮火毁灭，北平各大学也落在敌人的手里。摧残我们的文化机关，原为敌人的狠毒计策。最近听说平津各校有在南方觅地迁移的计划，我们觉得无论迁到什么地方都不见得安全，反而因此引起退让、苟安等不良的影响。我们应该下一个决心，就是要驱逐敌人出平津，仍在原来的校址建造学校或者自由地讲学；否则就该暂时放下书本，散布在敌人的背后，帮助抗战的工作。迁避的心理在今日是决不许存在的啊！

原载《国民（上海1937）》，1937年8月第1卷第15期。署名：宏

关于保卫大上海

被侵略民族的自卫战争是无所谓失败的,如果继续抗战,偶遇挫折,也还是胜利。惟有停战或者抗战的意识不坚定,让敌人有可以喘息的机会,那才是真正的失败。

10月27日我军从大场、江湾、闸北,移至第二道防线,这不过是战略的撤退(Strategic retreat)与阵容的修改(Rectification of the line),在全面抗战的过程上,等于开场的序幕,不能遽然断定什么得失,更用不着焦急忧虑。

目前有人提出"保卫大上海"的口号,同时也成为大家所最注意的问题。其实保卫大上海的意念,在"一·二八"时代,我们早已有了。但可惜的是那时有人用缔结《淞沪协定》来保卫。所以从"一·二八"到"八·一三"这五六年间,所谓大上海这一片土地,早已名存而实亡。这其间任随我们怎样建设、怎样粉饰,只见武装的敌兵在闸北来往驱驰,而我们的正规军队却不能开入,在这种情形之下,上海已非我所有了。到了"八·一三"的炮声开始,我们的勇士一面为民族的生存而浴血奋斗,一面也是想从敌人的控制下保卫大上海。如冲进汇山码头,蕴藻浜的血战;力守四行堆栈的孤军,这些都是保卫大上海的最适宜的行动。也只有用这种行动才可以保卫中国的任何一块土地。由此可知,从前用妥协的条约来保卫上海,乃是大错特错的。其结果,只得了暂时的苟安,但却把无穷的祸患遗留下来。

我们的大炮飞机的数目赶不上敌人,也不必讳言,可是我们要注意,保卫大上海仅仅指望着军事的胜利是不够的。全市的民众都应该负起责任来保卫大上海。现在特区里面的民众,有的竟和敌人一样,在那里盼望"速战速决",同时仇货的输入仍达百万元之多。民众的抗敌意识落后到这个地步,我们有什么理由可以盼望军事胜利呢?

根本的问题,在于加强上海市民的政治认识和抗敌意识,全市的工人、农人、商人,以及学生都应该组织起来,努力于扫除汉奸、经济绝交、武装自卫的工作,更要赶快恢复军队里的政治训练部,作为团结武力与民力的机构。军民双方的精神团结一致以后,纵令我们的军队再有战略上的撤退,仍可依赖后方的民力来保卫大上海。

原载《国民(上海1937)》,1937年11月第1卷第17期。署名:谢六逸

报章文学琐谈

何谓报章文学？对于这一问题的解答，可以分为广义和狭义两种。将报章当作文学的形态之一来看，就是广义的解释。在这里，所谓报章文学，既不是"报纸上的文艺"，也不是指"各种的文艺与新闻之关系"，而是把全体的报章，作为一个文学形态来看的。这文学二字的意义，在广义上包括了报章。即整个的新闻（news），都可说是文学。这种说法，似乎广泛，其实不然，因为，广义的文学原可以解释作"依于语言——文字发生后——的文化表现"。肯甫里基的英国文学史，曾收录新闻的历史，就是这个意思。

可是，一般的文学史，是不把"新闻"作为文学看待的：即所谓狭义的报章文学，不过是专指在报纸上发表的文艺。（狭义的解释可参看《文学百题》（生活书店出版）拙著《什么是报章文学》一文。）

马克唐纳德在《大英百科全书》里说："在法兰西，集纳主义（journalism）就是文学；文学，就是集纳主义。"这是因为"法兰西的报纸的威仪，都是作者各自署名的论文，以及剧本、文学批评、短篇小说,和称为 Chronique 的小品等东西构成的。消息(news)的搜集揭载,在法兰西的新闻史上,其发展甚迟。法国的报章,印着明日的日期,刊着前日的消息,还是不久的事。"他在这意义上,把法兰西的报章,称为是"文学"的。

日本的新闻,在这一点,也有相近的倾向。好像日本的《宇治拾遗物语》《今昔物语》和《东鉴》等,和近代发生 news 的意义的新闻,是"完全不同性质的东西;可是,它是属于广义的新闻的,即是被包于"记事"(chronicle)意义的新闻之内的。

按新闻一语,古代曾用于书名,如"唐代丛书"中的《岭南新闻》,即其一例。这"新的见闻"的意思,是和英国语的 news 一语,同一意义的。宋代发行的官报《朝报》,有题名新闻的部分;在刊载政府发表的消息之外,亦揭载派往宫廷官厅等访员的见闻。故我国新闻一语的语义,原是和英语的 news 同意。1827 年,英人莫利逊,在广东发行了英语新闻 *Canton Register*。英语的 news 和 newspaper,在那时便输入中国:而将 news 译成了"新闻",newspaper 译成了"新闻纸",这译语,在日本幕末的时候,丝毫不改的,传到了日本。虽然"新闻"与"新闻纸"的意义,截然不同。可是,由于新闻纸的命名,必称"××新闻",至使它们的区别,也就模糊了。终于,新闻一语,代表了"新闻纸",而 news 竟称为杂报、记事、报道,或采用英语的原文,用日本的假名写音,造成一种外来语使用。这种将新闻一语,做为"新闻纸"用的变迁,在德国也是一样,德语 zeltung 一字,在中世[纪],亦是做"消息"之意使用的。

新闻原是事实的报道,尤其是从国际事情的报道开始的,可是,不久,就进化到以政治的评论做中心了。例如日本维新前的新闻,主要的是报道消息,但从明治初年到十年,新闻完全表现了一定的政治或社会的立场。此时所谓新闻记者,不是指那事实的报道者,而是指那些有一定的立场,写政治的或社会的评论的人。事实的报道者,是和记者不同的。由于评论与报道的关系构成了这时期的报章文学。因此,报章文学的内容,是政治立场的表现,以及在那立场上之事实的认识。前者是"论说",后者便是"杂报"。这二要素结合构成的报章文学,仿佛氢气和氧气的作成水一样。从原始的新闻,至今日极端发达的新闻,其构成的条件是不变的。

在政治的立场和事实的报道的关系上构成的新闻,是什么意思呢？原来新闻是由社会的或政治的对立而产生的。所以,在新闻上,那事实的报道,与其说是由于一定的社会意识造成的,毋宁说是,由于更具体的某种社会企图而造成的。这种情形,在国家有外患的时候,更显而易见。外患临头,一国的报章,势必有"正""反""中"三种不同的意见,其结果须视政治的势力如何,然后才能够决定是否能"合"。因为,新闻的本质,原来就是社会的、政治的斗争武器。

报章文学与纯文艺的不同地方,就是在这斗争意图的直接表现上,自有它的特性。而所谓纯文艺,不仅是没有这种意图,甚至可以说,有许多是社会或政治意识的麻醉品。但是,报章文学和文艺的关系很密切。实际上,文艺也不过是文化之阶级之表现。所以,布尔乔亚的政治小说或社会小说及普罗文艺等,决不是报章文学范围以外的东西。

报章文学与历史的关系,也很密切。因为,新闻决不是以文学的现象为对象的,新闻的意识,是属于更广大社会的,政治、经济、法律、宗教、道德、学术、文学、艺术、风俗、习惯,及其他社会一切方面的认识,是新闻意识的世界。这和广博的网罗社会诸现象的历史,是相近的。当然,新闻和普通历史,也有不同之点,可是,那区别,却不是根本的。历史,是现代人对过去"历史"过程的认识,而新闻呢?却是生活于现在历史过程中的现代人的认识。报章文学,也就是一种有现代史内容的文学。

原载《新大夏》,1938 年第 1 卷第 3 期。署名:谢六逸

二十年来的中国文学

一

"中国文学史,研究起来,可真不容易,研究古的,恨材料太少,研究今的,材料又太多,所以到现在,中国较完全的文学史尚未出现。"(引用鲁迅语)现在来讲最近二十年的文学,也感到材料过于丰富,用一万字左右来叙述不容易说得周到。并且文学思潮的发展,正如一湾流水,是有源头的,讲述现代文学的发达不能不追溯过去。这篇文章的题目虽定为"二十年来的中国文学",却不能单从民国五六年的文学运动讲起。对于清末的文学,也得略为提及。

自从晚清与西洋各国交通,经过鸦片、中日战役,屡次为他们所战败,于是才开始研究他们的"制造""格致"之学,在思想上受了外来的刺激。在文学方面,输入西洋文学的人也渐渐多起来了。如马君武译摆伦的《哀希腊诗》、虎德的《缝衣歌》、哥德的《阿明临海岸哭女诗》(光绪三十年),苏曼殊译《摆伦诗选》(光绪三十二年)(按中国译西洋诗歌最早的为王韬,他曾译法国的《马赛革命歌》、德国的《祖国歌》,约在同治十年)。小说的翻译,有林纾与王寿昌合译《茶花女遗事》(约为光绪二十五年)。梁启超在日本横滨印行《新小说》,从日文重译《小豪杰放洋记》(即《十五小豪杰》,时为光绪二十九年)。苏曼殊译法国嚣俄的《悲惨世界》(光绪二十九年)。林纾自从翻译了《茶花女遗事》之后,便继续翻译各国文学,积十九年之久,止于民国八年,达一百五十六种,伍光建译《侠隐记》《续侠隐记》,周树人、周作人兄弟译弱小民族的小说,题为《域外小说集》,也在光绪末年。这时,西洋戏剧翻译过来的有《夜未央》《鸣不平》。日本留学生组织春柳社,提倡话剧。从此以后,外国文学便渐渐流入中土。到了民国五六年间,树起了文学革命的旗帜。于是中国的国民文学,便随着时代一步一步地进展。

二

民国五年(1916)发生的文学革命运动,起源于反对文言。文言文本是封建社会中的文化产物,它是随着封建社会生长发展的。在辛亥革命(1911年,宣统三年)之后,鬼话文(用刘大白语,见刘著《白屋文话》)在文学上的地位就随着封建社会的没落而发生动摇。民国四年(1915),陈独秀在上海办《青年杂志》(从第二卷起才更名为《新青年》),他提倡新思想,反对孔教,反对复古,介绍现代欧洲文艺思想,在《青年杂志》一卷三号、四号发表《现代欧洲文艺史谭》。但同时又发表了谢无量的一首长诗《寄会稽山人八十四韵》,他在诗后加以评语道:"子云相如而后,仅见斯篇。虽工部只有此工力,无此佳丽。谢君自谓天下文章尽在蜀中,非夸矣!吾国人伟大精神犹未丧失也欤?于此征之。"被胡适看见了,便通信责难。所以文学革命的鼓吹,起初只是私人的讨论。到了民国六年(1917)方才在《新青年》上正式提出主张。那时文学革命理论,主要的可分为两部分:一是消极的破坏的理论,一是积极的建设的理论。

胡适的《文学改良刍议》便是消极的破坏,他以为"今日而言文学改良须从八事入手,八事者何?一曰,须言之有物。二曰,须讲求文法。三曰,不摹仿古人。四曰,不作无病呻吟。五曰,务去烂调俗套。六曰,不用典。七曰,不讲对仗。八曰,不避俗字俗语。"这就是"八不主义",是针对着封建的古文而发的。后来他在《历史的文学观念论》中,说得更详细:

> 居今日而言文学改良,当注重"历史的文学观念"……纵观古今文学变迁之趋势……白话之文学自宋以来,虽见屏于古文家,而终一线相承,至今不绝……岂不以此为吾国文学趋势自然如此,故不可禁遏日以昌大耶?吾辈之攻古文家,正以其不明文学之趋势,而强欲作一千年二千年以上之文。此说不破,则白话文学无有列为文学正宗之一日。而世之文人将犹鄙薄之,以为小道邪径而不肯以全力经营造作之……夫不以全副精神造文学,而望文学之发生,此犹不耕而求获,不食而求饱也。亦终不可得矣。施耐庵、曹雪

芹诸人所以能有成者，正赖其有特别毅力，能以全力为之耳。

陈独秀在胡适的《文学改良刍议》后，也发表了一篇《文学革命论》。这就是那时文学革命的誓师词，他说：

> 文学革命之气运，蕴酿已非一日，其首举义旗之急先锋，则为吾友胡适，余甘冒全国学究之敌，高张"文学革命军"大旗，以为吾友之声援。旗上大书特书吾革命军三大主义：
> 曰，推倒雕琢的阿谀的贵族文学，建设平易的抒情的国民文学。
> 曰，推倒陈腐铺张的古典文学，建设新鲜的真诚的写实文学。
> 曰，推倒迂晦的艰涩的山林文学，建设明了的通俗的社会文学。

胡适在当时以为文学革命还在讨论时期，他寄陈独秀的信里说：

> 此后或尚有继钱（玄同）先生而讨论适所主张"八事"及足下所主张之'三主义'者。此事之是非，非一朝一夕所能定，亦非一二人所能定。甚愿国中人士能平心静气与吾

辈同力研究此问题。讨论既熟,是非自明。吾辈已张革命之旗。虽不容退缩,然亦决不敢以吾辈所主张为必是,而不容他人之匡正也。

胡适大有持重的气概,表示谦和的态度,然而陈独秀的答书就不同了,他直截痛快地说：

鄙意容纳异议,自由讨论,固为学术发达之原则。独至改良中国文学,当以白话为文学正宗之说,其是非甚明,必不容反对者有讨论之余地;必以吾辈所主张者为绝对之是,而不容他人之匡正也……其必欲摈弃国语文学,而捍然以古文为文学正宗者,犹之清初历家排斥西法,乾、嘉畴人非难地球绕日之说,吾辈实无余闲与之作无谓之讨论也。(《新青年》三卷三号)

当时陈独秀的态度实较之胡适为积极。1917年的《新青年》,有许多讨论文学的通信,内中以钱玄同的意见发表得最多,对于这运动有很大的助力。刘半农也发表《我的文学改良观》一文,在理论上补正了不少。

至于"积极的建设理论",可用胡适在1918年发表的《建设的文学革命论》来做代表,他说：

> 我的"建设新文学论"的唯一宗旨,只有十个大字:"国语的文学,文学的国语。"我们所提倡的文学革命,只是要替中国创造一种国语的文学。有了国语的文学,才可以有文学的国语,有了文学的国语,我们的国语方才算是真国语。

又说:

> 这二千年的文人所做的文学,都是死的,都是用已经死了的语言文字做的。死文字决不能产生活文学……简单说来,自从《三百篇》到如今,中国的文学,凡是有一些儿价值,有一些儿生命的,都是白话的,或者近于白话的……中国若想有活文学,必须用白话,必须用国语,必须做国语的文学。

胡适的这篇文章虽名为建设的,其实是对于古文的最有力量的破坏。这个时候他又发表了《论短篇小说》《易卜生主义》《文学进化观念与戏剧改良》;《老洛伯》译诗,《尝试集》里的许多诗,也是此时作成的。以当时北京大学为中心,参加文学革命军的人,都努力于建设的工作。如周作人则作有《人的文学》《日本近三十年小说之发达》,并翻译外国短篇小说及小诗,结集起来,成为后来的《点滴》与《陀螺》。鲁迅开始写小说,《狂人日记》就是在这时写成的。沈尹默、刘复、沈兼士、俞平伯、陈衡哲、康白情诸人,都试作新诗。1917年的冬天,陈独秀又办了一个《每周评论》,北京大学的学生罗家伦、傅斯年等办了一种《新潮》月刊,都是提倡文学革命的刊物。从此响应的便渐渐地增多了。

文学革命运动一方面受着热烈的响应和拥护,另方面便是猛烈的反对。陈独秀、胡适、周作人等都是北京大学的教授,傅斯年、罗家伦、俞平伯等都是北京大学的学生,于是引起校内校外的反对。北京大学内部的反对分子出了《国故》《国民》两个拥护古文的刊物。校外的一般顽固守旧分子竟想利用"安福系"武人政客来压抑这种新运动,而加他们以"过激党"的罪名。古文家林纾在上海《新申报》上作了《妖梦》《荆生》等小说,又作《论古文与白话之相消长》一说,讥骂一般提倡新文学的人。他还有寄给北大校长蔡元培的一封长信,说:

> 大学为全国师表,五常之所系属,近者外间谣诼纷集,我公必有所闻……弟年垂七十,富贵功名,前三十年视若弃灰;今笃老,尚抱守残缺,至死不易其操。前年梁任公倡班、马革命之说,弟闻之失笑。任公非劣,何为作此媚世之言?马、班之书,读者几人,殆不革而自革,何劳任公费此神力?若言死文字有碍生学术,则科学不用古文,古文亦不碍科学。英之迭更累斥希腊、拉丁、罗马之文为死物,而至今仍存者,迭更虽躬负盛名,固不能用私心以蔑古。矧吾国人尚有何人能如迭更者耶?……且天下唯有真学术、真道德,始足独树一帜,使人景从。若尽废古书,行用土语为文学,则都下引车卖浆之徒,所操之语,按之皆有文法,不类闽粤人

为无文法之啁啾。据此则凡京津之稗贩,均可用为教授矣。若《水浒》《红楼》皆白话之圣,并足为教科之书,不知《水浒》中辞吻多采岳珂之《金陀萃篇》;《红楼》亦不止为一人手笔,作者均博极群书之人。总之,非读破万卷不能为古文,亦并不能为白话……今全国父老以子弟托公,愿公留意,以守常为是……

蔡元培的答复,对于"尽废古书,行用土语为文学"一点,曾提出三个问题,反驳林氏:1.北京大学是否已尽废古文而专用白话?2.白话是否能达古书之义?3.大学少数教员所提倡之文学是否与引车卖浆者所操之语相等?在函末他又提出他在大学的两大主张,即"讲学自由"与"思想自由"。他为陈、胡、钱诸教授的主张辩护。这次林、蔡二氏的辩论,惹起全国学术舆论界的注意,结果旧派终于败北,文学革命的气焰愈张。

三

1919年4月,巴黎和会的消息传来,中国的外交竟完全失败;帝国主义者的横蛮和政府官吏的无耻,引起了中国青年的怒吼,于是发生了5月4日的学生运动。"六三"事件得了全国的响应,使政府罢免了曹、陆、章三人。

五四运动虽与新文学运动是两件事,但学生运动的影响,使白话文学的传播遍于全国,实开中国文学史上的新纪元。那时的新杂志如上海的《星期评论》《建设》《解放与改造》《少年中国》等,都有很好的贡献。著名报纸的副刊也渐渐地改了样子,大家刊登白话的论文、译著、小说、新诗了。北平的《晨报副刊》,上海《民国日报》的《觉悟》,《时事新报》的《学灯》,可算是三个最重要的白话文的发表机关,白话文的传播,真有一日千里之势。不过这时期的文学仍很贫弱,较有意义的作品,还得数鲁迅在《新青年》上发表的《狂人日记》《孔乙己》《药》《呐喊》等篇,表现的深切和格调的新颖,颇激动了一部分青年读者的心。原作充满反封建反礼教的思想,显示了文学革命的实绩。

可是正当新文学发展的时期,旧文学仍希图作最后的挣扎。1922年出现的《学衡》(梅光迪、吴宓、胡先骕等在南京出版《学衡》杂志),就指斥新文学运动为"骇众眩俗,趋时投机"的,结果还引起一场"整理国故问题"的讨论。在"学衡派"之后出而拥护旧文学的是《甲寅》杂志的创办人章士钊,结果均未能摇撼新文学运动的壁垒,只不过说明旧文学的回光返照而已。

在上述旧文学挣扎之时,同时产生的还有"写实主义"与"浪漫主义"的论争,也就是"文学研究会"与"创造社"的对立。

"文学研究会"主张"为人生的文学",倾向于实写主义,沈雁冰在《文学与人生》一文中说:

> 西洋研究文学者有一句最普通的标语:"文学是人生的反映",人们怎样生活,社会怎样情形,文学就把那种种反映

出来……现在我们讲文学与人生的关系,单是说明"社会的",还是不够,可以分下列四项来说一说:1.人种;2.环境;3.时代;4.作家的人格。……文学与人生的简单说明不过如此。从这里,我们得到一个教训,就是凡要研究文学,至少要有人种学的知识,至少要懂得这种文学作品的产生时其他的环境,至少要了解这种文学作品产生时代的时代精神,并且要懂得这种文学作品的主人翁的身世和心绪。

沈氏又在《什么是文学》一文中,针对着浪漫主义,发表如下的意见:

这些名士的态度,说得好些,把一切东西都当作艺术(当然不是真的艺术),说得坏些,便是游戏。所以他们的作品,并没有什么意义的,而且他们自己也常常在作品中标明是消遣或游戏的性质。人生作事,必非无意义的,要是随兴所至,没有什么意义,那么何必去做呢?这些都是名士的自相矛盾的地方……他们还无形中信奉了虚无主义,自己嘴里不绝地说这样不是,那样不好,而自己又明知故犯,偏偏去做那自相矛盾的事,还说什么书生本色,不拘小节的一般话头,真是不值一笑……所以他们的天才虽好,可是他们的牢骚和废弃天然的任性,恰恰相反,所以一般名士的浩叹悲歌,常等于无病呻吟,无聊之极!现在文学界中,很有些人沾染了这种习气，没有宗教，没有目的，而专门模仿名士的风流态度，把文学当作游戏，真是深可痛心的事！

名士派毫不注意文学于社会的价值，他们的作品，重个人而不重社会，所以多拿消遣来做目的……新文学的作品，大都是社会的，即使有抒写个人情感的作品，那一定是全人类共有的真情的一部分，一定能和人类共鸣的……新文学作品重在读者所受的影响；对于社会的影响，不将个人意见显出自己文才……新文学是积极的，名士派是消极的。新文学描写社会黑暗，用分析的方法来解决问题，诗中多抒写个人情感，其效用使人读后得社会的同情、安慰和烦闷。名士派呢，表面看来，确是达观，把人间一切事务，都看得无足轻重，其实这种达观不过是懒的结晶而已。

近来有些不稳情形，一般青年的心理，却又觉得旧的魔鬼似乎又在搅乱他们的灵魂，这旧的魔鬼，就是名士派的风流腔调，可是这旧的魔鬼现在却穿上了洋装，面目与前大不相同了……这个洋装的魔鬼，就是文学上的颓废主义和唯美主义。

沈氏文中所指的"名士派"，便是指着倾向"颓废"或"唯美"的那些作家而言的了。

"创造社"是成立于1922年的一个文学团体，他们是主张"为艺术而艺术"的。因为主张不同，因此与文学研究会发生论争。成仿吾在《新文学的使命》一文中说：

> 文学自有它内在的意义，不能常把它打在功利主义的算盘里，它的对象不论是美的追求，或是极端的享乐，我们专诚去追从它，总不是叫我们后悔无益之事……
>
> 不是对于艺术有兴趣的人，决不会理解为什么一个画家肯在酷热严寒里工作，为什么一个诗人肯废寝忘餐去冥想……对于艺术派不能理解，也许与一般对于艺术没有兴趣的人不能理解艺术家同是一辙。
>
> 至少我觉得除去一切的功利打算，专求文学的全与美，有值得我们终生从事的价值之可能性。而且一种美的文学，纵或它没有什么可以教我们的，而它所给我们的美的快感与安慰……对于我们日常生活的更新的效果，我们是不能不承认的。
>
> 而且文学也不是对于我们没有一点积极的利益的。我们的时代对于我们智慧与意识的作用赋税太重了。我们的生活已经到了干燥的尽处，我们渴望着有美的文学来培养我们的优美的感情，把我们的生活洗刷了。文学是我们的精神生活的粮食，我们由文学可以感到多少"生"的欢喜！可以感到多少"生"的跳跃！
>
> 我们要追求文学的全，我们要实现文学的美！

郭沫若在《我们的文学新运动》一文中,更明白地表露了浪漫主义的渴望、爱美、反抗、悲观等特性,他说:

> 我们渴望着和平,我们景慕着理想,我们喘求着生命之泉。
>
> 但是,让自然做我们的先生吧,在霜雪的严威之下,新的生命发酵,一切草木,飞潜蠕匐,不久就将齐唱凯旋之歌,欢迎阳春之归至。
>
> 我们现在于任何方面都要激起一种新的运动,我们于文学事业中也正是不能满足于现状,要打破从来因袭的样式而求新的生命之新的表现。

创造社同人的颓废唯美的倾向,颇影响当时一般青年的思想,直到"五卅"事变以后,他们之中有的才渐渐转向。文学研究会同人在当时努力于俄国文学和被压迫的弱小民族文学的介绍,其功绩亦不可埋没。至于在反封建的旧势力一点上,毋宁说两社的态度是一致的。所以后来两社的一部分作家都会参加实际的革命工作。

四

因为帝国主义的侵略和压迫的深入,1925年上海的劳动阶级扬起了革命的旗帜。"五卅"事件的爆发,使当时的文学家们认识了自己的责任,应时产生的"革命文学"有如下述:

（一）创造社的革命文学

此时郭沫若、成仿吾等放下了"为艺术而艺术"的大旗，走上了无产阶级的现实主义的路。郭沫若在《文艺家的觉悟》里说：

> 我在这儿可斩金截铁地说一句话：我们现在所需要的文艺是站在第四阶级中说话的文艺，这种文艺在形式上是写实主义的，在内容上是社会主义的，除此之外的文艺，都是已经过去了。

他又在《革命与文学》中对青年作家们说：

> 你们不为文学家则已，你们既要矢志为文学家，那么赶快要把神经的弦索扣紧起来，赶快把时代的精神提着。我希望你们成为一个革命的文学家，不希望你们成为一个时代的落伍者，这也并不是替你们打算，这是在替我们全体的民众打算……你们要把自己的生活坚实起来，你们要把文艺的主潮认定！应走到兵间去，民间去，工厂间去，革命的漩涡中去，你们要晓得我们要求的文学是表同情于无产阶级的社会主义的写实主义的文学，我们的要求已经和世界的要求是一致，我们昭告着我们，我们努力着向前猛进！

同时成仿吾也作《从文学革命到革命文学》一文，向大众呼喊：

> 资本主义已经到了他的最后一日,世界形成了两个战垒,一边是资本主义的余毒"法西斯蒂"的孤城;一边是世界农工大众的联合战线。各个细胞在为战斗的目的组织起来,文艺的工人应当担任一个分野。前进!你们没有听见这雄壮的呼声吗?
>
> 努力获得辩证法的唯物论,努力把握着唯物的辩证法的方法,它将给以正当的指导,示你以必胜的战术。

郭、成两人的理论都以辩证唯物论为根据,他们把中国的文学,引进革命的大路上去。

(二)太阳社的革命文学

在1928年,中国的无产阶级文学更兴盛起来,那时出现了许多文学团体,其中一个有力的,就是蒋光赤、钱杏邨等领导的太阳社。他们和创造社曾发生过一次论战。蒋光赤对于革命文学的解释是:

> 革命文学是以被压迫的群众做出发点的文学!革命文学第一个条件是具有反抗旧势力的精神!革命[文学]是反个人主义的文学!革命[文学]是要认识现代生活,而指示出一条改进社会的新途径!……显示给我们的是要有:革命情绪的素养,对于革命的信心,对于革命的深切的同情。

创造社同人对于蒋光赤的作品和理论曾经加以批评,钱杏邨反

驳道:

> 这种批评家连书都不肯读,自然不会有什么公正的批评……在新作家客观环境没有成熟的时候,他们想维持自己的地位,继续自己的领导权,摘抄几段翻译的文学新理论,说我们是新时代文学的提倡者哟……你们跟我们走哟!……他们是这样的卑鄙,这样的不堪,始终在个人主义、英雄主义的观点做文学……那一班以前做梦,现在投机,个人主义的作家们……一班卑鄙的作家,不应该这样的如投机党人的借着自己历史的地位来尽量地压迫人,致人于死地!其实,文艺的领导权决不是夺得到的,作家批评家果真能革命,实际的转换了方向,他的领导权当然可以继续下去……作家批评家果真只有一个继续领导权的思想,因此而革命,而转换方向,老实不客气,这就是英雄主义!

钱氏的文章不免逾出讨论的范围,在当时没有发生什么影响。

当革命文学进展的时候,也有倾向于自由主义的作家,如《语丝》同人和《新月》同人便是。

到了1930年,"中国左翼作家联盟"成立,于是革命文学更有了鲜明的目的意识。

"左联"曾订出了一个文艺的理论纲领,说明艺术的一般性质和社会使命,提出了三个基本任务,就是:"对旧社会及其意识形态的宣

示无情的攻击","宣传新社会的理想,并促其早日实现"和"建设文学理论"。他们更具体地规定了他们的艺术的内容和社会立场:

> 艺术如果以人类之喜怒哀乐为内容,我们的艺术不能不以勤劳者在黑暗的社会之"中世纪"里面所感觉的感情为内容。
>
> 因此,我们的艺术是反封建的,反资产者的,又反对"失掉社会地位"的小资产者的倾向。我们不能不援助而且从事勤劳者艺术的产生。

"左联"组成以后,以勤劳大众的思想和情绪为主要内容的新兴文学,随着中国新兴革命势力的高涨而日趋长成,反帝反封建的精神扬溢在他们的作品之中。在当时颇受政治势力的压迫,但他们仍勇往直前地干下去,在现代中国文学史上辟一新天地。这时期的作品,如鲁迅的杂感文和茅盾(沈雁冰)的小说,都是新兴文学最大的成就。他们的作品的成功,一方面固然是由于作者超越的才能和丰富的文学经验和生活经验;另一方面,也显然是由于思想的精进,有了进步的世界观,所以鲁迅的杂文更锋锐更准确,茅盾的《子夜》的思想与技巧能达到那么的优越。中国新兴文学的基础,实在是由他们二人建立起来的。

附记:本文为五年前在学校讲授"中国文艺思潮"讲稿之一章,谫陋殊甚,本刊编辑先生索稿甚急,因旅居僻邑,又因于俗冗,无暇增润,希望阅者以"资料"视之。自"九·一八"以迄"八·一三",中国文学受了空前的刺激,更达到新的飞跃时期,笔者历年以来所搜集的资料亦复不少,当另草一文述之。

[民国]二十七年九月

原载《新大夏》,1938年第1卷第3期。署名:谢六逸

我们要向苏联学习

我们如果想避免民族的衰老,只有时时刻刻检讨自己的痼疾。如像官僚主义、自私自利、因循敷衍、胆怯畏缩……这些好像有遗传性似的,直到现在我们还染着这种疾病。

苏联的两次五年计划都能够提早完成,这就足以说明苏联的民族是年轻的、进取的。他们物质的条件未见得比别的国家优异,然而他们[的]建设是突飞猛进的,这完全是人的问题,也就和我们常说的"事在人为"这一句话符合。

自抗战以来,我们高呼着组织和宣传,可是其结果总不能如预期的美满。因为人力的关系,便产生许多缺点,我们也不必讳言。

我们要赶快向苏联学习,而最感切要的,就是先学习他们的语言文字,再进一步去研究苏联建国成功的原因。尤其重要的,是学习苏联勤劳大众的青春的精神,用来扫清我们自己的痼疾。

原载《中央日报·贵阳》,1938年12月21日。署名:谢六逸

写作的根本问题

学习"文章的技巧",是写作的根本,一切应用文字和文艺作品都从这里出发。这五个字包括文法、修辞、简单的写练以及各体文字的习作。

著名的文章,不论新旧,其中多少含着一些技巧,都得去学习。日子久了,自然我们也能产生新的技巧。

文章的内容(实质)也很重要,但决不是单靠读几篇文章可以得到的。因为它所涉及的范围太广泛了。

我们能够在国文课程里面学习文章的技巧,至于文章的内容(实质)则非在广大的人生社会里面学习不可。

原载《中央日报·贵阳》,1939年12月5日。署名:谢六逸

现代通信事业之趋势

一

"报纸"和"通信"是构成现代新闻事业的两大系统。报纸的内容,一般人都易于明了,而对于通信事业则多数是忽略的。本文企图说明通信事业过去的发展与其最近的趋势。

二

通信社是应顺报馆或各机关或个人的需要,在各地遍设通信网,搜集各种消息,用敏捷的方法,供给新闻,借以达到宣传目的或营利的一种组织。凡属于此范围以内的业务,名之为通信事业。

报纸的职能是新闻的报告与指示,通信社的职能是新闻的搜集和传递。二者对于新闻事业是分工合作、相辅为用的。报纸借了通信社消息的供给以吸引读者,维持其生命,而通信社的工作和努力也借了报纸表现于公众。

报馆除了依赖通信社的消息而外,自己也设有采访部和通信部。近处的消息由采访部的外勤记者采集,以期耳目灵活。又在远地或国外遍布通信员,将采访所得的消息送给报馆,这叫做"本报特讯"。这种消息是一家报馆所专有的,它并没有侵入通信社的范围,而是辅助通信消息之不足。例如英国伦敦《泰晤士报》是世界大报之一,它派遣特派员驻在各大都市,注视重大事件的发生,随时报告报馆,而把一切普通新闻的搜集,都托付给路透社。所以报馆里设立的采访部和通信部自有其任务和目的,不能和通信社混为一谈。简单一点说:通信社所担任的消息是各报共通的,报馆采访部的消息则为一报所专有。通信事业是辅助报馆的能力所不及并代报馆服务的一种机构。一国的通信社是等于全国报纸的联合总采访部,一国的国际通信社也就是世界各国报纸驻在该国的联合总通信员。

三

世界著名的通信社,如美国的联合社、英国的路透社,其成立均在 19 世纪中叶。然通信事业的起源,实可溯诸远古。不过到了 19 世纪中叶才正式形成,20 世纪算是最发达的时代。

考通信方法的应用,其起源甚早。原始民族知道用鼓声、烽火、姿势、绘画等作为传达消息的方法。近代通信事业的意识,系由东方传入欧洲。当纪元前 2 世纪埃及帝国成立的时候,开罗的咖啡店和巴格达的市场中,已经有了专以传递消息为业的"传信者"。到了中世纪时欧洲盛行一种"新闻通信",贵族和富豪们住在自己的采邑或别墅里,雇人把都市里的消息专函报告,后来因为需要增加,一个人可以受若干人的雇用,主人收到"通信"之后,传抄分送,由此逐渐发展成为一种通信者的职业。这时教会事业日趋发达,为着传教的需要,也利用通信,于是教士们便也从事通信工作了。11世纪十字军东征时,常有随军出征的人把战况和商情传到后方的都市,收到这种通信的人,再把它抄录成若干份,贩卖给公众。当时的"新闻通信",就是现在的长篇通信的雏形。

报纸之采用通信,也是很早的事情。在16世纪后半期,德国发行的报纸,不但有欧洲和近东的通信,且有波斯、中国、日本和美洲的通信。那时德国更盛行一种"飞脚制度",专以递送通信为务,直到德国的邮政普遍设立以后始行废止。

近代通信事业的发达有赖科学的辅助,毫无疑义,如蒸气机、圆筒机、电报、海底电线、电话、铸字排字机、无线电、飞机、无线电话、无线电传影等类科学上的发明,通信事业颇受他们的恩惠。其次则为现代写作技巧的进步,通信记者充分利用进步的文艺形式和观察方法,写出灵活的通讯文字。故现代的通信实以文学为父,而以科学为母,由文学的父亲、科学的母亲孕育而成的乃是现代优美的通信。

四

我们每天看报时就有"中央社""美国合众社""路透社"这些名称映入眼帘。他们的规模是很伟大的。可是你试一翻检他们创办时的状况,就知道在当时是怎样的简陋。其所以有现在的成绩,乃是由于不断的努力和奋斗而来的。

从前有人利用军阀官僚的造孽钱，在自己的住宅外面挂上一块招牌，便可成立所谓通信社，如今创办这种通信社已属不可能的事了，因为已不能纯以津贴来维持，通信事业的内涵也日渐扩充，除了消息之外，举凡文艺作品、图画照片、评论文字、特殊报告都在经营之列。到了现在，它的发展，有下列的三种趋势：

1. 若干家报馆为着本身的需要，联合组织成一个通信社，不以营利为目的，只是由参加的报馆（即以一家报馆为一单位），把它驻在地的消息搜集起来报告于通信社，再由社中分配于各地的报馆（以参加组织通信社的为限），这种办法，无论在经营上或人材上均可节省，而所得的效果并不减于与报馆无关系的独立通信社，美国的"联合社"便是这样产生出来的。它的目的在于联合起来交换新闻，是一种非企业性质的组织。

2. 第一次欧战以后，各国依据战时的教训与经验，国内一切都趋向于统制，通信事业亦不在例外。社会主义国家的苏联，法西主义的德意都视通信社为对内对外的重要宣传工具，而将它收为国营。苏联的搭斯社就属于这类性质。

3. 不属于前二者的就是由资本家经营通信社，其目的在于营利，例如美国的合众社。这种性质的通信社在美国颇为发达。

自抗战以后，我国的国营通信事业进步甚速。近两年来，中央社的通信网已扩张到英美，这不能不说是一种新兴的气象。不过和别的国家比较起来，我们的人材和设施仍感到不足。我们不想加入全世界的通信网则已,否则人材的训练和大量的宣传经费是不应该迟拨的。我们只有抓住第二次世界大战的机会,加倍努力,将来战争结束之后,我们在全世界的通信圈里才有卓越的地位。

第二次世界大战正在进行,各国政府为了施行他们的新闻政策起见,必然的统制一切新闻事业。对于通信事业方面,欲求统制的便利,势必采取国营的办法,群起仿效苏联、德意的先例。不过在原则上,联合性质和企业性质的通信社也是需要的。天下的事没有竞争就不会有进步,我们希望我国国营的通信事业也要不断和别人竞争。

[民国]三十一年一月一日

原载《中央日报·贵阳》,1941 年 5 月 26 日。署名:谢六逸

大学国文的选材问题

最近得到友人傅东华先生编的《大学文选》,书的□出上册,共选文三十篇,第一篇为章炳麟的《文学论略》。自现代追溯至五代,所选文章的内容,几乎全部是和典章疏证、名物种类有关的。在槛例里面,编者说明此书反复与高中国文教科书相衔接,备作大学各院系的国文□□,后以一般性之学术文为主,有诗词、议论、古文辞、传递文科学生之用者,概不入选。原书□□二三叶,正文占二一八叶,参考资料占三○五叶。编者傅先生搜集之勤,概可想见。就目前而论,此书不能不说是一部理想的大学国文教本。

因为翻检此书,令我想起了一个问题,就是大学国文教材,如果专选学术文,是否适宜?本文就这一点,发表个人的意见。

教育部规定的国文教材标准,只限于初中与高中,至于大学国文教材标准,虽已向各学校征集现□教材编目并召集专家商讨,可是尚未见颁布。只看高初中国文教材标准,就可知其目的在于训练学生的发展技能与阅读能力。大学国文为各院系的共同必修科,在中学时代已经读了六年国文,升入大学再要他们读一年。我们不妨有三种看法:其一必须补足中学时代的不足,所以延长一年,让他们在大学里继续学习;其二这大学国文须另起炉灶,但只消读一年已足;其三是高中毕业生的国文基础太差,必须在大学补习一年,寻求适合大学的国文标准。就第一点说,如果把大学国文认为是高中国文的延长,故所延长者仍应是发展技能和阅读能力的训练,所以大学国文的选材各不妨□体并重,对于记叙、□□、行情、议论、文艺作品,应用各种均应平均支配系此篇□□说,大学国文并非是高中国文的延长,必须靠□□□。例如专□术文,就是要□文学各院的学生,不分文理工法商,也不问学生的兴趣如何,都须明了中国学术思想的概略,可是要达到这个目的,各篇文□□讲授就非详细讲解不可,一篇《文学论略》或是一篇《文赋》往往就要一学期的国文钟□才能讲得详尽,如果用"□□□花"的讲法,或令学生自己阅读,那就只能□归于兴趣特别浓厚的学生,在一般学生看来,觉得教材太□□□□□,终觉格格不入,致令学生对文章的内容不能领悟,同时对于文章的技巧无法学习惯,结果和原定的目的相反。

就这三条说,高中毕业生国文程度不够标准,教材的选择不适当也是原因之一,现在高年级所读的教材,太偏重于学术文,而于性情的陶冶和思想的启发见而忽略,于是学生对于国文课由因感觉枯燥而加以蔑视。把时间全用在英语和数学理化上面。等到高中毕业生入了大学,又在国文课授以学术文,仍是不能挽救过去的缺憾。

我以为大学一年国文的应注重记叙文、议论文和应用文,学术文只能占一部分,傅先生的《大学文选》,不妨更名为"大学学术文选"。关于这一问题,希望大家发表一点意见。

原载《中央日报·贵阳》,1941 年 6 月 27 日。署名:谢六逸

咏　史

一

读史回环细揣摩，
兴亡往事足悲歌。
汉亲夷狄终□界，
宋赂辽金卒渡河。
自古庸臣甘误国，
从来名将耻言和。
若谓领带□戎肢，
一职焉如不归戈。

二

利口纷纷和议臣，
只知尸位保其身。

愚头枪笃真堪矣，

忠到□岳可谓仁。

国外若养医国手，

榻前何致卧他人。

黄龙□饮□犹在，

千载英风□水滨。

原载《中央日报·贵阳》，1942年8月18日。署名：宏徒

继华的性格

世人秉赋的性格,各不相同,有的遇事踌躇不决,当为不为,通常我们称他为哈蒙雷特型。有的立定主意以后,就一往直前,不顾一切利害,自愿牺牲,非达到目的不止。妖魔鬼怪被他看见了,他便一矛刺去,刺中了然后心安理得。我们称此种性格为吉诃德型。

在中国的社会里,这两类人物都存在,但我以为吉诃德型是优于哈蒙雷特型的。

同时中国社会还有一种典型人物,不妨称之为刘禅型。据演义所说,长板坡一役,赵子龙把他裹在甲内,杀出重围,但他却在呼呼地酣睡,这种人物有他自己的一套哲学。吉诃德遇见了他,有时手中的矛不免要折断的。

继华兄的性格是从儒家精神来的,他作事负责认真,坚忍不拔。他又受过日本式的教育,所以他的工作态度是很严肃的。他认定一桩事业值得做,就想在短时间做出成绩。他以为把一桩事业作好之后,社会里其他事业就会好了起来。他明明知道他手中的矛快要折断了，可是他依然不屈不挠，不达到成功不肯罢休。在儒家是知其不可为而为之，在继华看来，天下事无不可为，其所以不可为者，在于不肯为而不是不能为。现在的社会不能符合他的期望，于是他痛苦万分，自煎自熬，结局是性高于天，长才莫展，只活了四十八岁。

他的性格和他的风度是调协的，他的风度近于黄叔度、范孟博一流。"叔度汪汪，若千顷波，澄之不清，淆之不浊，不可量也。""登车揽辔，慨然有澄清天下之志。""见善如不及，见恶如探汤，欲使善善同其清，恶恶同其污。"这些古人的风度，在继华的身上，我们可以见到。凡是他的知交，应该不会否认的，也不是我私人的谀辞。在他逝世的前十天，我们还同出席会议。会后我们两人照例是在一间屋子里谈天。这时他已经知道他的疾病是不治的，他慨然说道："我死之后，棺木最多不能超出二千元，或者用火葬，你看何如？我们活着固难，死也不易呀！"当时我见他心神衰疲，就用别的话拦住了。接着他就谈到战后中国教育的设计，他的气概总是恢阔的，即在病中，他的言谈依然犀利。一直到他的心脏停止动作，他的这种风度未尝消失。

有人不免批评继华的性情躁急，这是对于他的性格没有彻底了解的原故。二十多年来，我们之间没有红过一次脸，更从来没有过一次的争论。有时他的主张如果太不顾虑客观条件，只要事后向他加以分析，他就会笑着接受的。每逢他躁急的时候，实在说来，那件事是到了非躁急不能了结的情况，他才会躁急的。

凡是继华所主持倡导的事业，他的性格与风度都永远寄托在那上面，永远在那些事业上看出他的人格的全貌。马继华并不曾死！

原载《中央日报·贵阳》，1944年2月13日。署名：谢六逸

垦 荒

一

民国二十四年的夏天,我们一家都住在上海狄思威路兰心里,那儿是一条狭而长的胡同,朝南矗着一排三层楼的西式房子,一共有二十座,里面的人家外国人居半数,很能保持清洁,平时在白昼几乎不听见人声,除了星期天孩子们穿着溜冰鞋在水门汀上奔驰,总是静寂得像在郊外。有收音机的人家,也只有在晚餐的时刻才收听音乐,晚间不到十点钟,每家楼上的灯光渐渐地消失了。住在那里的,大约人人都忙于自己的工作,这在上海的环境里面,要算个安静的处所。学校接送师生的汽车,每天打从马路口经过,我到江湾复旦去上课,也极感到方便,我们在那儿住得有一个相当长久的时期。

那时学校正放暑假,上海在八九月之交,天气燥热,有时马路上铺着柏油,也会被炎阳晒得如同稀泥似的。有一天上午,照例又是九、十度。我躲在三层楼的书斋里,东翻西翻的,想写点什么,借来祛除这样一个大热天。忽然楼梯上轰轰地一阵响,我想"吵客"们又来了。——我叫我的孩子们作"吵客"。我正想离开书桌去把门关上,等我回头一看,我那半掩着的门边,我的大女儿开志的头已经伸了进来,露出一张红油油的脸,笑嘻嘻地说:"爸爸!下面有客来了!"

坐在楼下会客室等我的是一位陌生的学者风的人物,穿着笔挺的西服,浓厚的黑发朝后梳着,鼻上架着黑缘的眼镜,身长约在五尺上下,宽阔的肩膀,方口广颐是他的特征。他一面立起身来握手,一面自己介绍:

"成舍我!刚从北平来的。"

"哦,我们曾经通过几次信,难得有机会晤面。"

舍我当下说明了他的来意,他本来在北平办《世界日报》,此番南下,要在上海约几个朋友创办一种比较特殊的小型报,其内容必须与北平的《实报》和上海的小报不同,他约我参加编辑部,单独负一部分的责任。当时我因为他在北平办新闻专科学校,而我自己呢,也在复旦主持新闻学系,都是看重教育的同道,可说是神交已久,我便毫不踌躇地答应下来。

经过了几度的集议,舍我和严谔声以及几位主脑部的人物就在河南路以东的九江路二八九号租得了一座三层楼的房子,那儿是上海的报馆街,老牌的两家报馆,《申报》和《新闻报》,一在它的西面,当中只隔了一条河南路,一在它的前面,只隔着一排房屋。不多几天,从王羲之的字帖上面拓下来的三个大字——"立报馆",就从此挂在大门上面。

在报纸诞生以前,舍我和谔声他们自然经过缜密周到的计划,他们尤其注重宣传,不惜在新闻报的第一页登了全幅广告,并用套色印出。把当时编辑部各版各栏负责人的头衔姓名用大号字发表了出来。自然,创刊的旨趣和形式内容的特色等等,无不说得透彻痛快,一字一句都显出这一份新生的报纸与众不同,可说极尽宣传的能事。在当时是一种耸人耳目的举动,这一来,就激起了一次浪潮。在报馆街上议论纷纷,对于《立报》加以种种揣测,尤以那些意欲独占上海市场的"小报",眼看这样一个陌生者的闯入,颇感到惴惴的不安,于是谣传闲说愈来愈快,愈来也愈多。直到《立报》出版后几个月,立稳了脚跟,方才渐渐地平息下去。可是自《立报》创刊以至停刊,都承他们用"另眼相看"。这些迹象,只要在当时的文坛消息专家的"文坛消息"里面一寻,便可以寻出来的。

就在那年的九月二十日,天刚破晓,街上的电灯还在放光,房屋隐在薄雾之中,立报馆的门前,早就等候着许多的报贩。从报社底层的两部卷筒机送出来的一捆捆的报纸,都到了他们的手里。这一天是最可纪念的日子,在中国的报纸发达史上增加了一页新的材料。经过了一个月的"试版",《立报》在这一天正式出版了。

二

在报馆的邻近,有一家道地上海风味的饭店,名叫福兴园的,一向以炒虾仁的菜肴著名。编辑部的同人有事会商的时候,便常在那儿聚餐。大约六七个人,每餐只花费四五元,每次商谈,都有圆满的结论。在座上我首次会见张友鸾、张恨水,他们是从南京或北平来参加编辑工作的。友鸾曾经在《小说月报》的中国文学专号上发表一篇西厢记研究的文章,因此我知道他的名字。他的脸色苍白,身材也很瘦小,一望而知是一位久经夜间生活的斗士。张恨水的仪表却跟他相反,体格相当丰腴,常穿着一件灰色的绸衫,在会上不大说话。这些人当中,还有一个是吴秋尘,曾经以编辑《天津益世报》的社会服务版出名的,他常对我痛骂无线电收音机,认为是丑恶和喧嚣,应该加以摒弃,他到上海没有几个月,后来就回北方去了。

依据大家商讨的结果,《立报》决定用三种副刊来吸引读者。而这三种副刊呢,都得针对社会各阶层的需要,由编者各显自己的神通,比如青年学生、一般社会、商店职员、工厂劳工,也应该有他们的份儿。舍我、谔声要我负责青年学生阅读的一种,将第二版的下面五栏交给我垦荒,就地位说,在要闻的下面,不患不能引起读者的注意。可是就篇幅说,每期可只能容纳四千多字,如刊登长一点的文章,那就每次只有一个题目,看了令人沉闷。必得有六七个题目,六七篇短文,方显得活泼生动。后来郑振铎向我打趣,他说:"你这么大一个人,编那么小一个副刊,为着何来呢?"我说:"等着瞧吧,我要使你在小中见大,短中见长哪。"大约我是生长在西南山地的民族吧,多少带着几分"苗子"气,别人做不来的事,我从小就喜欢干它一下。记得我在十二三岁的时候,有一天同着学校里的朋友到城墙上放纸鸢。那时的城墙离地约莫有二丈多高。几个不怕天不怕地的孩子,大家打赌,看谁有胆儿从城墙上跳下去。我第一个显出了英雄气概,我说:

"这算什么呢?"就往下一跳,觉得飘飘然,等到落地时,我已经不省人事了。后来,就得了一个慢性的头痛症,经了许多麻烦,总算医好了。"苗子"气是从小养成的,当时报馆只给我五栏篇幅,叫我开垦。我心里想:你们能够难着我吗? 我还有一套跳城墙的本领呢!

我答应为他们编那么一个小小的副刊之后,接着就是"肇锡佳名"的问题。一天晚上,我和张友鸾在编辑室里面谈起三种副刊的名称。他说:"张恨水编的叫《花果山》,吴秋尘编的《小茶馆》。"我说:"我的土地还没有定名呢。"接着我就顺手拿起一本《辞源》,一翻就翻着"言"字部。我说:"就叫他作《言林》吧!"

《言林》和世人见面之后,隔了一个多月,陈子展就发表了一篇《论言林体》的文章,在末一段说:"如今立报出世,《言林》这一副刊所能容纳的小品文,只是小品中之小品,或者略为'小小品'。固然它也须要具有一切小品文必需条件,它也可以写成倾向或风格不同的各种体式,然而因为它自身的特别短小,更须要精悍一点,那是不待说的。它将以最新的姿态出一头地,建立'小小品',自成一种'言林体',我看是可能的吧!"

《立报》出版以后,很得社会人士的同情,为《言林》写文章的人也愈来愈多,我的开垦狭小土地的计划,总算是得了初步的成功。

三

在当时我有一个理想,我想将小小的园地,贡献给全国的作家,作为大家谈天的处所,好让他们在上面种植花草,不管他们种的是牡丹也好，珠兰也好，总得吸引大家到这块荒地上来，培植灌溉，然后我的目的才算达到。可是如果我自己不动手，别人是不肯光临的。因此打头几星期，我非常吃力。我在复旦授课兼负着一系的行政，同时又兼在暨南上课，每周必须到江湾、真茹往返各三次，交通的工具虽然便利，也非朝出晚归不可，因此时常感觉时间不够分配。有时坐在公共汽车上，打着腹稿，常常过了站却还不曾发觉。好在无论从江湾或真茹回来，总得经过宝山路口，我从那里乘上五路公共汽车，一直到九江路口一家以销行法律书籍出名的会文堂门前下车，然后折入九江路，到了报馆，已经在六时以后了。这时编辑部的夜班同人还未上班，总理部的日班同人则已下班了。我便趁着这报馆内静寂无人的时候，提笔写稿，并将稿件提前一天发出。为了拼版的便利，我预备一种油印的空白版式，在上面印好栏数，并将每篇文章的地位和式样画上，排字时就依照我的版样排好。至于校对和看大样另有夜班工作的同人负责，大约到了八时左右，我一天的工作就算完了。

在《言林》上常川写稿的，当以"文学研究会"的友人为中心。这一班朋友在我的交游圈里面是最值得纪念的。从民国十一二年起，李石岑、郭一岑，先后为时事新报编《学灯》；郑振铎和我自己先后为它编《文学旬刊》；沈雁冰在商务编《小说月报》，后来又由郑振铎接编；章锡琛也在商务编《妇女杂志》，那时南方出版的几种比较上受人注意的期刊，都在文学研究会会员的手中。这一班朋友的住所，总在关北宝山路一带，也就是在东方图书馆和商务编辑所的附近，自然大家几乎是天天见面。每有聚会，这些友人是无不露面的。从这时起，大家在工作上就互相扶持,在国内出版界形成了一小股力量。

在发出一百多封特约为《言林》作稿的信函出去之后便陆续有了收获。从北方寄了稿来,取得第一名的是"老舍",他的题目是《不旅行记》,照例以他的轻松的笔调,写成两千多字,是分作三次方才全都载完的。文中有一段说得很有趣,他说:"住学校或青年会比较的好些,可是必得带着讲演稿子,一定得讲演说。讲完了,第二天报纸上总会骂一大顿,即使讲得没什么毛病,也会说讲演者脸上有点麻子。"他又提到住旅馆的困难,"旅馆,又是个大问题。好的贵,住不起。坏的真脏,这且不提,敲竹杠太不受用。只好住中等的,臭虫不多,也不少,恰恰中等;屋中有红漆马桶,独自享用。这都好,假如能平安睡觉的话。但是中等旅客总不喜欢睡觉,牌声、电话声、唱戏声,整夜不停,好一片太平景象,只苦了我这非要睡觉不可的"。我第一次会见老舍,是在郑振铎的家中,那时他刚从英国作了"讲师"回国,他把写在黑布面练习簿上的《老张的哲学》稿子交给了振铎。在南方寄稿最早的乃是号称"江南才子"的卢冀野,他写了一篇《酒人今记》,大大约发挥他的"酒德颂",可是他谈酒,与众不同,他说:"惟有酒人,最肝胆照人的。照酒翁那样离不开酒,这位老太太又这样的爱酒。一是'人酒合一',一是以酒与神一般的敬事。比着世上借他人的酒杯,发自己的牢骚者,迥然不同了。如此才算得酒人?"那时冀野正住在会文堂书店的楼上,身体很肥满,可是嘴上还没有蓄着赞颂。除了老舍、冀野之外,友人中最肯捧场同时也奖掖的,要数到徐蔚南,他竟作了一篇《宏徒颂》。他说:"宏徒是幽默的,但绝不显显笑林广记式的本领,至多像蜜蜂,甜津津地刺你一针。宏徒曾说我在'洁而□'菜馆里吃饭连小品文的定义都吃出来了。这样的幽默你愿不愿接受?宏徒是辛辣的,这是他家乡的地方色彩。你的特长与优点,他会一语道破。有点小毛病的朋友不要误会,放心可也,因为辛辣绝不是攻讦或讥讽。他的心胸正和他的身体一样,宽大而活泼。"蔚南是《龙山梦痕》的作者,也是法国文学的介绍者,我们是同在复旦中文系执教的老伙伴。

四

那时我们几个朋友聚首的地点,是在郑振铎家中,他很爱结交朋友,文学研究会在商务出版的图书,全由他一手包办。过上海的友人,有时不必住旅馆,食宿都在他的家里。他有一副瘦长的身子,眼睛近视的程度很深,精力饱满,有时每天可以写稿一万字,在我们一伙里面,他可算是一个文思敏捷、能量丰富的脚色,在一马路有一家福建人开了菜馆"小有米",他是一个经常的光顾,他所雇用的厨子,也能烧一手好福建味的菜肴。文学研究会逢聚集,非在他的家中,会员就不易聚齐。寄居北方的徐志摩、耿济之、翟世英、俞平伯一班人,当他们南下之时,便会常常在他的家里发现,茅盾、叶圣陶、周予同和我自己几乎每夜在他的□斋里谈天,振铎带几分神经质的性格,为了讨论一个小小问题,他竟会气得面红耳赤的。《立报》出世的一年,他早已脱离了商务印书馆,在晋南大学任教,同时为生活书店计划《世界文库》的刊行。有一天是星期,茅盾和我在他那里,大家谈起小型报的编辑技巧问题。茅盾主张小型报的记载简短明快,乃是小型报纸的一个特性,可是小型报纸的记载形式,并不一定以简为贵。小型报纸应当做到人家冗长的地方,它可以缩紧;而人家长不来的地方,它偏偏可以较长较详,好比电影里的"特写"似的。这故意以较长较详的自然还要注意文字上的简炼,它的长或详,完全是内容关系。譬如社会上发生一件事,这件事本身是简单的,记载上烦长不来的;可是它的有关系的各面,它的背面的意义,却断乎简不了。在此种例上故意长一长,就很有意思。茅盾说出了他的意见之后,振铎接着就发表他的高论。他说,这个年头的大型报简直没有东西可看,无一种不是无精打采的。以前中报的《自由谈》还可一读,后来不知怎能撞了什么邪,着了什么魔,也渐渐没有什么可读了。社会现在需要一种不大也不小的"中型报",新闻要精也要富,小品要略放长些,《言林》的地位要加倍。"老谢,你今天回去就得想办法!"我当下对他俩说道:"你们的意见都对,不过《言林》若向上面扩充,就不免要侵占第二版要闻的地位。如向下面扩充,就要出栏。非另外用一张纸接贴上去不行,那就太不雅观了。"结果是大家哄一阵,在暮色苍茫中各自分手。

除了文学研究会的同人经常为《言林》撰稿之外,创造社的中坚郭沫若、郁达夫也被我约来撑起这个小小的场面。沫若那时还蛰居日本,他写了五六篇小品寄来,每篇文章不过几百字,可是寓意却很深刻。在稿中借用动物、植物的生态,隐喻人生社会的真实,获得读者的赞叹,是不用说的。达夫的文笔清幽如一泓清泉,他写过一篇

《雨》，极能代表他的风格，他写着："我生长江南，按理是不应该喜欢雨的，但春日暝濛、花枝枯竭的时候，得几滴微雨，又是一件多么可爱的事情！'小楼夜听春雨''杏花春雨江南''天街细雨润如酥'，从前的诗人，早就和我谈过了。夏天的雨，可以杀暑，可以润禾，它的价值的大，更可以不必再说。而秋天的霏微凄冷，又是别一种境地。昔人所谓'雨到深秋易作霖，萧萧难会此时心'的诗句，就在说秋风（雨）的耐人寻味。至秋瑾女士的'秋风秋雨愁煞人'的一声长叹，乃别有怀抱者的托辞，人自愁耳，何关雨事？三冬的寒雨，爱的人恐怕不多。但'江阔雁声来渺渺，灯昏宫漏听沉沉'的妙处，若非身历其境者决领悟不到。记得曾宾谷曾以其书斋名诗，叫做《赏雨茅屋斋诗集》，他的诗境如何，我不晓得，但'赏雨茅屋'这四个字，真是多么的有趣！尤其是到了冬初秋晚，正当'苍山寒气深，高林霜叶稀'的时节。"这样的文章，无论就意境、就文调说，在达夫的著作中，无论如何是最上乘的。后来达夫到了南洋，一去便断绝了消息，更无从向他索稿了。

由于林语堂的介绍，我认识了一位笔名为"浑家"的朋友，人很年青，刚出学校不久，可是对于人生社会的观察，既已入木三分，而文辞的眺览，更是出人头地。他为《言林》写稿最多，篇篇可看。我记得他写过一篇《中西文化》，照例用调侃的口吻说道："西人崇拜骏十英雄，华人以为好铁不打钉，好男不当兵。此其一。西人爱青年，华人尊待老。此其二。西人衫短裤长，华人衫长裤短。此其三。西人招手手心向上为示来，手心向下为示再见，华人适相反。此其四。……西人不问饭吃过未，华人则准备时时请客。此其八。中西文化不同有如是,然欲调和中西文化,其道也不十分困难,如穿呢叽长衫之类便是。"他写得很有趣味,然而并不"低级",读者时常有信寄来称许他的文章。

五

在[国民]二十四年(1935)九月至年底,短短的四个月过去了。我自己所写的文章,以及《言林》上刊载出来的,始终保持一种平稳的态度,似乎颇见冲淡。这其间,林语堂、曹聚仁、陈子展、赵景深诸人的作品更时时出现。但自岁尾更新,进入了二十五年(1936)一月,国际风云逐渐险恶起来了。其实早在几年以前,国际的变局,已经是料定了的。世界各地的阵痛的情形,一天加紧一天,似乎非在二十五年临产不可了。西方的意大利和德意志,东方的日本,他们的野心家已经点上了火药线。有些做和平幻想的人,以为吃点安胎药,就可以把事情的严重缓和下去,实际已是徒然。这一年,日本在北方的横强,更是日甚一日,冀东的伪组织不久果已成立,中日的交涉更形(显)得紧张。在一月十日的报纸上有一段记载,说日本将任命有田八郎作驻华大使,而他的第一件工作,就是出席南京会议,和我国外长调整中日关系。一月十五日有学生代表一百卅余人,晋谒中信,陈述救国意见。这些迹象都表明这一年将不免是一个多事之秋,而新闻从业员的责任势将愈加艰巨了。此时我们考虑《言林》的作风,必须转变,文章的内容若不与时事互相配合,就无异是一些隔靴搔痒的话,对于读者不会发生什么指导作用。我的第一步设计,在于文章跟着新闻走,不过有时更要走在新闻的前面,方可引起读者的兴趣。恰好在一月初头,文江逝世,我便函约叶青,托他写一些纪念文章,他写了《关于丁文江》《丁文江的政治思想》几篇,英国作家吉卜龄于一月十八日逝世,我约了吴道存写了纪念文。每天的头一段文字,十之八九是谈到时事的,而文章的技巧,较之《社论》《短评》又别具一种风格。此端一开,《言林》的冲淡的作风就一变而为热烈激切了。说来事有凑巧,有一位笔名"康子"的,从九月五日起写了几篇《北海琐忆》,讲他往游广东北海的情形,一共写了十一篇,在登出第五篇的后一天,就是九月十二日,国内各报的第一版,都用大号标题刊载"日本侵占北海"的重要消息,同日路透社电说,"据日人方面声称,日外务省对成都及北海两事件的政策,虽经日本海陆方面压迫,作强硬行动,但仍力主精细温和。至于此种政策,是否能被保留,则须视南京对于日本所提解决以上两案的要求,如何答复而定"。这一天立报的头条新闻后面,加上一行小注,大意是说,关于广东北海的详细情形,本报《言林》从五日起早有介绍,读者可以参看。这一篇《北海琐忆》的文章,使得《言林》在转变作风以后,不特文字能与新闻互相配合,而且有时竟能在时事发生前面,夸张一点说,这是当时各报的附刊还不尝做到的。

在这里要附带说一说一个副刊编者对于投稿人的态度。当时《言林》每天收到外来的投稿,总在一百件以上,这些投稿我都逐件看过,编好号数、登记簿册。凡是作者声明要退还的稿件,无论他附有邮票与否,我都一概寄还。有的投稿,可以一字不改,或者只改题目就可以刊登的；有的必须删改原意，润饰文字，然后方可采用。在一个副刊编者是不应该避免麻烦的。投稿者大半是本报的长期读者，而他们的文字无不是用一番心血写成，将稿寄出的时候，又怀着满腔的热忱。没有一个投稿者不希望他的著作刊发，犹如一个母亲希望她的孩儿出世。编者如果只图省事，收到了投稿，只看署名的是不是有名人物，才决定采用与否，那岂不辜负投稿者的美意。即使投稿者不需要退还稿件，我也把那些作者的心血保留一个相当的时期。前面说的那篇《北海琐忆》的作者，并非出名的作家，而且是初次投稿，我若不用沙里淘金的工夫，就不会发现这样一篇富有时间性的作品。退一步说，康子平时对于《言林》没有好感，那么，他的这篇文章一定要写到别家报纸去了。等到"北海事件"发生以后，我再四处托人写"北海"，当时提笔写文章的，有没有人到过北海，竟是一个大大的疑问。即是寻着了适当的人，等他在两三天以内把文章写好交来，那时"北海事件"已成尾声，而我编的副刊上的文章只好跟在新闻的后面了。

六

[国民]二十五年十月十九日，中国文坛失去了一根柱石，《言林》接连出了几次特刊，一时收到的稿件，盛满了一个抽斗，都被我很好地保存起来。是年十二月二十六日，《立报》第一版刊载着"蒋委员长昨日由西安飞抵洛阳"的大字标题，同时南京二十五日专电载着："今日为云南起义纪念日，冯玉祥、李烈钧、谷正伦等，晚在李烈钧

宅聚餐，接委员长抵洛阳消息后，冯虽戒酒已久，特破例一次，痛饮示庆。"二十五日晚间，复旦同人因事在同兴楼聚会，到了八时左右街上鞭炮声大作，比过新年还要热闹十倍。向报馆打了电话，听着这样一个巨雷似的消息，大众都欢喜若狂，复旦中学部主任殷以文举了酒杯，一连喝了三巨觥，一席十余人，个个眉飞色舞，莫不叹说"中国有救"，好比失了怙恃的孤儿，一旦听说父母复生似的。在这期间《言林》的文章，一直针对着"统一""抗战"两个题目发表主张，经常执笔的有林憾庐、王任叔、徐懋庸、许杰、周楞伽、黑丁、许钦文、唐弢、周海戈几位，每一篇刊登出来的文字、技巧各各不同，但背面却蕴蓄着一股热血，看去令人感觉沉痛，发人猛省。我认为在一个大时代的前夕，不可不广征读者的意见，于是登出征文启事，我说："时光与潮汐不待人，国难严重之二十五年，转瞬过去。吾人回顾以往，瞻望将来，必有几许感想与希望。本刊特辟篇幅，广征读者意见。"并将题目定为"迎民国二十六年"。后来收到的好文章很多，可惜涉及时局的，尤其是对日问题，常被租界当局的新闻处压迫，不易和读者见面。原来从那时起，租界当局因为敷衍日人，对于《立报》的一切言论，早已另眼相看，报馆的经理，常常被传去"问话"了。

民国二十六年（1937）降临了，一个不平凡的年代降临了。

《言林》在元旦出了特刊，篇幅较之平时加大了一倍，这是历来所无的。周海戈在特刊上作一首《过年口占》："谁说年难过，通书日日撕。文翻新样子，武换旧傢私。昨鼠偷而已，今牛伺所之？《言林》十章□，个个是男儿。"《立报》因为深受读者的欢迎，销数日日增高，每日已达十万份以上,海戈的话并不是过奖。但平时《立报》已经遭受那些同形式而不同内容的报纸的嫉视,常常在他们的笔端,露出中伤《立报》同人的迹象。而我自己呢,更是首当其冲。他们不惜花费巨大可贵的篇幅,制造许多消息,甚至为我写"起居注",他们的用意在将我激怒起来,好让我在《言林》上和他们对垒,成为一种"均势"的局面。可是我从来不肯浪费《言林》一个铅字一根铅条,作为这种无聊举动的回报。有几次报馆里爱护我的青年,竟把那些小报上的消息,特意用红笔钩圈出来,放在我的桌上,其用意是怕我的工作太忙,一时没有看见那些大文章的机会。我看了之后,笑了一笑,便把报纸挂上报架,仍然埋头做我的工作,只有一次我写过一篇《新年谈文》,把那些十里洋场的"才子"讽刺了一顿,他们看了,大概就会啼笑皆非吧!

[国民]在二十六年的岁首,时局已经明明白白地露出一个特异的象征。从一日到七日,竟发生了七件事:1.元旦日有日舰十艘,在常熟、杨林口开放机关枪;2.二日午前十一时,有一四零号日军用飞机在青岛散放五色小旗及荒谬传单;3.二日下午,有酒醉日兵三人,在乍浦路旁,殴打小工及一西装华人;4.三日有日人二名,在成都路以拳击卖伞小贩;5.四日夜郑州卅一区行政专署,破获浪人山口、志青、田中等三人在通商巷九号所设的特务机关,获得秘密文件甚夥,其目的在勾结匪类,企图暴动;6.五日日驻绥特务机关长羽山之汽车,在新城马路撞伤路工李思伦脑、腿,并撞坏大车一辆;7.七日张垣电、热河围场县张营堂等六人,被日方宪兵活埋。七天中竟有七件

事，而且件件都是那时专讲"亲善"的人做出来的。在国外呢，英、意的君子协定甫告订结，意大利就送两万穿军装的人到西班牙去，希特拉也备陆军十万到西班牙。这时马德里已化为瓦砾之场，野心家已着手准备将全世界变成沙漠了。

时光骎骎地逝去，北方的狂风暴雨，逐渐朝南方推进了。八月九日下午五时半，上海虹桥的事变发生。到了十三日午后四时半，我正要到报馆发稿，突然听着大炮的声音。我知道正式的战争开始，不禁为之狂跃，十四日晨，报上的头条新闻是"今晨二时许展开血战，我开始扫荡敌军"。民众组织纷纷成立，上海各界抗敌后援会、妇女界抗敌后援会，均早于七月二十二日成立。各界救国锄奸团也在活跃。文化界抗敌协会成立以后，定大陆商场为开会地点，分头推动工作，并出版《救亡日报》。届时上海人士的情结热烈紧张，达到沸点。

九月二十日是《立报》的二周年纪念，《言林》出版纪念特辑，巴金写了一篇《我祝福〈立报〉》，他说："我以一种感激的心情来迎《立报》的二周纪念日。""在《言林》里大半是时代的呼声。短小精悍、活泼热烈，是那些文章的特点。我们读着它们，还不会忘记自己是什么时代的人。"同日，"小记者"写着："两年来，我们的笔如刀，对我们的民族敌人，丝毫不饶恕。两年来，我们的笔如刺，对主张对敌人妥协的人，恐日病者，刺进他们的心。两年来，我们的笔如火炬，在风雨中的原野里，照着不愿做奴隶的同胞们向前进。两年来，我们的笔如暗号，不愿意随在后面做应声虫，甘愿冒着苦难作前锋……"

及至十一月将尽，上海沦陷了。日人对租界当局加紧压迫，对工部局总董樊克令提出要求,敌人一向视为眼中钉的《立报》也在"封门"之列。环境日愈恶劣,出版了两年又六十六天的报纸,终于在十一月二十四日含着满腔的热泪,发表了《告别上海读者书》。

过了一个月,我和谔声、一呺,乘了邮船,驶往香港,离别我住了将近二十载的第二故乡。

原载《中央日报·贵阳》,1944年11月1日;1944年11月2日;1944年11月3日;1944年11月4日;1944年11月6日;1944年11月7日。署名:谢宏徒

美国新闻史上一段佳话
——典型记者成功之经过

> 新闻界有才难之叹
> 其然,岂其然乎?

一

亚搭尔·比利斯本的父亲名叫亚尔塔,是一位著名的社会事业家。当亚搭尔十八岁的那年,他吩咐亚搭尔说:"你的年纪不算小了,你得做我的一个帮手。"

亚搭尔答道:"父亲,我的兴趣不在社会事业上面哪。"

"唔,那么,你想做些什么呢?"

"我愿为人类做一番事业,做一番增进人生幸福的事业。"

"你是说你愿意做一个政治家,是不是?"

"不是。"

"做一个实业家?"

"也不是。这些只可推动社会,不能说是增进人生的幸福哪。"

"人生？究竟是怎么一回事呢？"

"我要做一个新闻记者。"

亚搭尔坦白地对父亲说出他的志愿,他的父亲是一个□人,当下"哈,哈,哈"地笑一笑,也就赞同儿子的志愿了。

亚搭尔从十八岁的生日那一天开始,他做了美国《太阳报》的新闻记者,以此为他的终身事业。

十八岁的新闻记者,在《太阳报》是创办以来的第一名年青的记者。他虽然年青,但在工作态度上,却和其他美国新闻记者全然不同。普通的美国新闻记者是怎样的呢？

"一天到晚,像煞有介事,忙乱不堪,把电话筒拿起又放下。抓了帽子就朝外面跑。回到报馆,上楼梯一步要跨两级,口里不住地'唯唯诺诺',坐下来就用铅笔写新闻稿。"

亚搭尔就不然,他安静地坐在桌前,不大活动。没有事做,他可以呆呆地坐着,一点也不动。

"噫,我们的社长请了一位宝贝来了哪！"

"这样懒惰的家伙还是国宗名义第一呢！"

"新进来的倒反而写意！"

一时报馆里的同事议论纷纷。

亚搭尔果真不会动吗？那又不尽然。他不出外活动就罢,一旦外出就会带回别人所得不到的特殊消息,一坐下,他就写成一篇惊动社会的记载,因为他有着自由奔放的头脑,天马行空似的文笔哪！

当时报馆中有一个同事对别人说:"亚搭尔看去好像什么也不懂

似的,一天只坐着不动。可是只要一停止他的梦想境界,他就变了一个无所不知的人。"

他做了两年的外勤记者,后来先到法国留学,不久当了《太阳报》的伦敦特派通信员。

1888年的3月间,世界闻名的两个拳斗家,一名约翰·沙利,一名查利·米乞儿,他俩在法国的擂台上比赛拳斗。亚搭尔便到法国去,写了一篇有名的通信。他的文章显得与众不同,他不搬用那些令人见了觉得讨厌的打拳用的术语,写得兴味津津。他先观察那些观众的情态,摘发人性,写那些围着擂台坐着的法国人,正如明末张岱(宗子)所写:"西湖七月半,一无可看,只可看'看七月半'之人。"笔法纯用侧笔,将当时看打拳的法国观众,人人的一双眼睛,实际在台上的奇妙情景,用简炼之笔传达纸上。别的记者只描写擂台上两位选手,你一拳,我一拳,打的一个落花流水、皮破流血,所谓黔驴之技,不过如此。亚搭尔一面又描写拳斗家米乞儿的经理,邵尔达格在米乞儿的身旁激励他的一番说话,他说道:"查利,你想想你的孩子们哪,那么可爱的孩子们正在家中等着你哪,他们也在等着面包呢。查利,你向他的耳边打一拳,你不向他的耳边打,你的孩子们怎样了,你想想看!"

这样的描写竟将拳斗新闻写得活灵活现,打动《太阳报》无数读者的心胸。

当他二十三岁时,已经做了《太阳报》晚刊的总编辑,即在以技擢人才极自由的美国新闻界,他的升进,也是少见的。

二

亚搭尔在1890年进了纽约《世界日报》，该社的社长是当时新闻界的权威普尼兹。普氏在美国新闻界是一个天才，有人说美国现代化的新闻，自普氏创立，并非过甚之辞。他所经营的《世界日报》，其销行之广，首屈一指。其后以新闻大王称著的赫斯特，当他还在哈佛大学读书时，□对友人称赞《世界日报》，他说："看哪，这是美国最好的报纸。"他的床上堆积着《世界日报》，他每天埋头加以研究。

普尼兹的自信心很强，除自己以外，他不愿意容纳别人的意见，甚至他的干部的意见他也不愿意。这个缺点，是他日后困顿的一个原因。幸好当初他没有敌手，所以还能平安渡过。

赫斯特在三十二岁时，已经做了《旧金山研究报》的社长，过了不久，赫氏收买了《纽约日报》，大露头角，当时美国新闻界的形势就大不相同了。

赫斯特的目标，自然是在普尼兹的身上。他的心目中，每天在转纽约《世界日报》的念头，一心一意要压倒过它。有一天，他在《纽约日报》的社长室里，召集他的干部，对他们说："我经营《纽约日报》的方针，只是一句话：从明天起，我们的报纸，要办得同《世界日报》一模一样，凡是报纸的外形、体裁、编辑、活字、纸张、印刷、油墨等，要跟《世界日报》全无分别，这事要烦劳大家。他说毕，走出办公室去了。"

他压倒普尼兹的第一个方案，就是把自己的报纸办得跟普尼兹的《世界日报》相同,然而报价只卖《世界日报》的一半。第二个方案,就是用加倍的薪金,将《世界日报》的优秀记者拉到自己的报馆。他有一句格言:好报纸要等好记者来办。因此他为了吸引人才,他愿牺牲一切。有人上他一个绰号,称为"浪费家赫斯特"。他所用的秘书,年俸都很高,他并不吝惜。《世界日报》的优秀记者,几乎被他拉空了。

那时《世界日报》的星期版编辑名叫郭达特,是一位名记者。《世界日报》星期版,从十二万五千份增加到五十万份,就是郭达特的力量。同时《世界日报》经理部的干才卡洛也被赫斯特请走了。

这些人物被赫斯特拉走,也并非为了金钱的缘故。凡世上有才能的人,常是特立独行的,他们有一种欲望,无非是想把自己胸中所抱着的理想,表现在事业上面,不料遇着一位个性极强,近于刚愎的社长普尼兹,他对于有才的人,不让他们发展他们自己的能力,反而加以压制。那么,他的那些干部,只有离开他了。这乃是普尼兹当日失去了许多优秀干部的一个原因。

在赫斯特的阵营里,有了郭达特,再加上卡维洛,已是正正堂堂了。但他还有一种野心,更想得到一位笔力横扫千人的帮手,好使自己报纸的销数增加,他想了许久,终于转了亚搭尔·比利斯本的念头。

自从郭达特离开《世界日报》之后,亚搭尔就接着他编辑星期版。亚搭尔用了全部精力,在跟《世界日报》的郭达特竞争。一时旗鼓相当,好不热闹,《纽约日报》有郭达特,而《世界日报》有亚搭尔,这两位干才各自发挥手腕,各自主持自家的星期版,形成美国新闻报上的壮观。

过了不久,《世界日报》社长普尼兹到欧洲旅行去了。在途中他打一个电报给亚搭尔,说:"兹任命足下为《世界日报》晚刊总编辑。"亚搭尔接到了电报,自然欢喜,他的地位又升进了。

他为晚刊拟定了编辑计划,而他的得意之笔,则为继日写一则"短评"。他的笔锋有一种"寸铁杀人"的力量,时而使读者狂热,时而令读者哄笑。他对于政治、经济、宗教、科学、教育、军事、外交等等问题,无所不谈。文章写得很短,不过五行十行,他署着真姓名,发表在晚刊的第一版第一栏里面。

平时逮着机会,他常向普尼兹贡献计划。可是有的时候,竟不免要碰钉子。普尼兹对他说:"接连把个人的私见,报上发表,并非办报的正道。不□刊登长篇文章、实际生活、世界奇谭,这些一任你的自由,至于个人的私见,如果我还没有死,我是不高兴看的。"

如今普尼兹到欧洲去了。给了亚搭尔一个独断独行的机会,何况又被任命为晚刊总编辑,他以为他有权可以实现他的整个计划了。

"这回好了,我尽管写短评,使读者看了欢呼,本报的读者自会增加,普尼兹即不赞成,然而他不在这里,看谁再来叽里咕噜。"

亚搭尔有点欣然了。他写的短评每天在晚刊上和读者见面,如此过了两星期。

他的文章果真得了读者的同情,报纸的销数一天比一天增加。亚搭尔的心里暗暗欢喜,不在话下。

两星期之后,普尼兹从旅途打电报来了:"速将晚刊'短评'取消,如有话要说,可□□评论,在晨刊发表。"

亚搭尔不能不依命,他只好不写短评了。但在内心里感到一阵抑郁,自是人之常情。过了两三天,他无精打采地走进了一家咖啡店,想喝它一两杯,能一解胸中的闷气。他一走进门,忽然后面有人拍拍他的肩头。

"比利斯本先生!"

"谁呀?"

他回头一看,原来站在他的身后的人不是别人,乃是大名鼎鼎的赫斯特。

"贵报晚刊上的短评写得那么出色,我每晚看得个起劲。"

"唉,好说,好说!"

"为什么忽然停止了?"

"普尼兹社长,他不赞同哪!"

"有这样的事吗?"

赫斯特沉思了一会,毅然决然握着亚搭尔的手说道:

"比利斯本先生,你到我的报社来写短评,你的意见或计划,我都会接受,明天你到我的家里来谈谈吧。"

当下亚搭尔踟蹰了一下,就答应第二天去访赫斯特。

三

就赫斯特的性格说,他也是一个独裁者,并不在普尼兹之下。不过他善于用才，这一点是普尼兹所不及的。他尝对人说，用那些才能在自己之下的人，倒不如不用的好。我所用的人，他的才能在我之上，我就让他发挥他的才干，必如此然后可以经营报业。在普尼兹一方面就不然，他时时干涉干部的举动，不如赫斯特能使干部自由发挥才干。

如今赫斯特对于亚搭尔·比利斯本所写的短评，颇能认识"货色"，照常理说"士为知己者死"。兼之普尼兹的作为已有日薄荫嵫之势，他的干部，走的走了，不走的也想走，宝座日渐不稳。在这个时候，即或亚搭尔舍之而去，也不算对不起他，可是亚搭尔的心中，始终以为当普尼兹还在欧洲没有回来，如其一走了事，不知道内容的人，将讥讽他的为人是"有奶便是娘"，背弃了旧东家。后来他愈想愈为难，要想不去会赫斯特，可是昨天他已经答应赴约，不便食言，因此他还是去会晤。

在第二天，他到旬天□大厦去拜访赫斯特，赫氏正在一间富丽堂皇的客厅等着他。赫氏见了亚搭尔，张开两手表示欢迎，并且直率地问道：

"比利斯本先生，我们谈的事怎样了？"

"呃。"

"你肯到我们的报馆吗？"

"可是可以的，还得谈一谈条件。"

"你说待遇吗？这全看你的要求，我丝毫没有成见。"

"不是。我要让普尼兹晓得，我并不是为了待遇，到你的报馆帮忙。"

"可是待遇总是要决定的。"

"我只要我在普尼兹那边相同待遇。"

赫斯特听了之后,鼓着一对眼睛说:

"这可不行,你在那边,一星期只有四百元,委实太少了。"

"你如其不依从我,那么,就作罢论。"

亚搭尔的耿介,使得赫斯特一时回答不出话来。继而还是由亚搭尔提出意见,他说,如果赫斯特的报纸——《纽约日报》晚刊发行数量每逢增加一千份,愿受每星期二元五角的奖金,可是赫斯特哪里肯答应呢?他说,增加一千份,每星期另送给三十元的奖金。可是亚搭尔仍嫌太多了。

结局还是依照亚搭尔的要求,订了合同。

自从亚搭尔进了《纽约日报》主编晚刊之后,销数骤增,他每月只有四百元的薪俸,加上每周二元五角的奖金。后来,随着销数的增高,他的薪俸每年收入五十万元,成了全世界待遇最高的新闻记者。

亚搭尔的一支笔更拥有极大的社会势力,他实现他的理想,在《纽约日报》晚刊第一版第一栏,每天写一段短评。其后赫斯特系的其他二十多家报馆,每天都有一栏,名曰"今日话题",就是由他创始的。二十多家报纸约有一千万份的销路,他的文章,博得几千万人的赞叹,打动美国人士的心胸。他的一支笔,使他成了世界文明的典型记者。

然而亚搭尔的本领也并不只是一支笔。他是很有学问的,他能说十二种语言。有时他出席犹太教徒的集会，他就用希伯来语演讲，使那些犹太教士大为惊异；有时他对那些大实业家辩论，那些人都很佩服他，说他是从"银行街"走出来的人物。他又长于计划经营，现在纽约公园路的第五十七街，俗名比利斯本街，那些建筑物都是属于他的。

但是你以为亚搭尔是兼营商业的人物，那就认识错误了。已故英国新闻界巨星北岩爵士是一个"行伍出身"的名记者，有一次他到美国旅行，到报馆访晤亚搭尔，要一显身手，他对亚搭尔说："你让我来写一段消息，我久已没有动笔，今天要试一试我的手腕。"亚搭尔答道："有趣有趣，就请动手。"北岩爵士跟着就去参观足球比赛，归来之后，他提笔写了一篇记事，交给了亚搭尔。亚搭尔看了一看，摇着头说："还是老样子。"他随即拿起红笔把北岩的稿子大加删改，发交排字房。第二天在报上发表出来的，和北岩的原文大不相同。他对人说："北岩的文章在英国总算不错，但在美国是不及格的。"

亚搭尔的主张跟赫斯特是一致的，他们两人都倾向于保守方面。亚搭尔尝说："世人反对赫斯特系的报纸，其理由与约翰·拉斯金反对火车同。拉斯金从来没有坐过火车，他就责难铁路，世人不过以同样的论调批评我们的工作。如其他们读过我们的报纸，懂得赫斯特的主张，他们一定要加以赞许。赫斯特是反对黄金主义和无政府主义的，因为前者掠夺民众而后者不承认有一切法律。"

笔者叙述了亚搭尔·比利斯本成功的经过，不禁想起了美国《星期六晚邮》周刊主编罗利玛的名言：世上并没有无聊的思想，也并没有无聊的事实,只怕新闻记者是无聊的。

十一月九日作于华家山

原载《中央日报·贵阳》,1944 年 11 月 9 日,1944 年 11 月 10 日,1944 年 11 月 11 日。署名:谢宏徒

对于"剪衣队"的意见

世间的事物，如果我们存着恶意去看它，好的也就会立刻变成坏的。我们翻看若干年以前出版的西洋杂志，其中有用中国人作为漫画材料的，把中国人画成一个头戴瓜皮小帽，上身穿臃肿的马褂，腰间系着绸带，带上还吊着表褡裢、眼镜盒子之类，长袍也并不长，大约只到膝盖，露出灯笼裤管，裤管又用带子紥好，再看下去，就是布袜子和云头鞋；在右手上不妨拿着旱烟管，而左手呢，提着一只鸟笼，这样描画出来的一个中国人，在外人的心目中，不特是过去的，并且是现在中国人的典型。可是，我要请问大家：外貌上，像这样的人物，他能否代表现代的中国人。这当然是存着恶意来看中国人的，所以好的也会被看成坏的。最近几年来，在西洋杂志上，偶然也会看见用中国人作材料的漫画，不过臃肿的马褂，已经改成中山装了，然而头上的一顶博士帽画得异常的小，服装也故意画得跟身材不相配合，但因为它的本身原是漫画，不过是人生的小小讽刺，意在博人一笑，并非存着什么恶意。有些人在漫画家的笔下，苟非如此就不能引起阅者会心的微笑,这是可以原谅的。可是有一点我们要特别注意,我们断断乎不可承认一切中国人的外表都跟那些漫画上的新旧人物的一样,根据这一点,我们也不能因为某种服装,被社会里头的一部分人,穿在身上,似乎被他们"漫画化"了一点,就指责那种服装的本身,说它完全是腐化的。欧美人士的西装穿在身上,应该是神采奕奕的了,然而我们闭着眼睛,想一想银幕上的笑匠卓别林的外貌吧。那一套西装的上身,紧得来连纽子也几乎不能扣了,还有那摇摇欲坠的裤子,前掌特别肥大而却没有后跟的皮鞋,配上戴在头顶的常礼帽,他的这一副神情,不消说,也是被他把"西装"漫画化了的。但是,欧美人士是不是因此就指责他们的服装是不合理的,应该立刻废弃,或者剪短,或者加长呢?

一个人的精神如其本来是萎靡不振的,穿上长袍固然是病模样,即令穿上纽约第一流服装店第一等技师手制的西装,或是中山装,我敢担保他骗不了人,他依然是一个病夫。俗话说的"佛要金装,人要衣装",但他的本质必须是"佛"是"人"才行,是鬼就任你如何去装,也还是一副"鬼"相。因此我们不能说某人的精神不振是受了服装所害,其实是他害了服装。如果说代表中国衣裳文明的长袍短褂是使中国人的精神萎靡不振的因素,他不妨到天主堂里面,看那些穿上中国长袍短褂的主教神父。见了那些白发飘然、胸背笔挺的老者,他将领悟中国的长袍短褂要穿在什么人的身上才能使精神萎靡。

中国古代的服装在如今已看不到了。我们只能在古书画里面看看峨冠博带的汉族衣冠。不过日本人现在的服装还保存着我们古代衣冠的遗风。日本的和服木屐,说不便真是不便极了,日人也曾有人提倡废弃和改良。可是每逢举行宫廷仪式或重要祭典,都还得穿戴那一套与民间不同的古代衣冠,不肯轻易说废除。苏格兰的男子到如今还穿着裙子,吹着他们的"袋琴",他们对于衣冠既然如此的保守,不肯舍弃他们的传统。照一般人看来,他们的精神应该早就萎靡不振了,可是我们能不能说日本人和苏格兰人的体格是世界上最劣等的?所以我认为体格之健全与否是一事,而穿着什么服装又是另外一回事。

自辛亥革命以后,我们剪了长辫,只有这种人人穿着的窄袖长袍,始终未见明令废止,不特没有废止,政府并且明明白白地规定蓝袍黑褂为正式礼服。去年听张道藩先生说,当年孙总理奉安之时,中枢要人对于礼服的问题着实费了一番研究的工夫,结果大家一番决定穿蓝袍黑褂,扶柩的人也是一律蓝袍黑褂。蒋总裁当时穿的是白袍黑褂。如今长袍黑褂的服装,中央并未明令废除,所以一般市民仍旧在穿着这种服装。

从前因为中国的国体不振,有人到外国都不敢穿本国的服装,生怕外国小孩子见了,跟在后面,喊着"秦、秦",那些时候,使得我们对于自己的文物制度,渐渐都没有自信心了。可是这个时代已经过去了。去年访英团出国,《大公报》总理胡政之就是穿着本国服装到英国的,英国人对他并不因为服装的歧异而不加以敬重。林语堂曾用英文写过一篇《中西服装的比较》,特别举出中装的优点,他说:"中国服装的设计是使各种重量都是挂在肩上而下垂,那是唯一的适合于自由的两脚动物的。假使我们一定要穿衣服时,让我们穿这种适合于人类的衣服。"所以中国的服装能够维持多年的历史,也并非偶然。

不过平心而论,中国的服装,在质料、色彩、长短、体制各点上,历来没有一定的标准,五光十色,复杂纷歧。如果一个机关团体或者任何共同集会,许可大家穿着长衫,那就等于开"中装展览会",可说集中国服装的大观。穿在身上的不用说难得整齐划一,即戴在头上的也是奇形怪相,有的戴瓜皮小帽,有的歪戴着乌打帽,有的用白布裹头,这于观瞻上不用说是不雅的。

中国长衫虽然有多年的历史,但因为它有许多的不便,所以我们并不反对改革,也并不存心为"长衫党"张目。不过要如何使中国的长衫能够加以改良,或者要使它渐渐归于淘汰,必须有一个过渡的办法。改革长衫的问题,是与中国的体制有关的,暂且搁置不谈。至于在过渡期间,我们要使市民渐渐穿着短衣,政府应该规定几种切实易行而人民又不以为滋扰的方法,逐渐推动,然后才可□效。举一个例,比如劝导市民从某一天起,不必再制新的长衣,但已经穿旧的长衣,不妨让它穿破为止。至于各机关团体,都规定得有制服,如果有人要穿长袍,当然可以禁止。如果一种公共集会,一次运动大会,凡参加的人如违背了穿短衣的规定,当然也可以禁止。这样一来,在社会上形成一种风气,加上种种的限制,一般人自然都穿起短装来了。

为了推行短衣运动,而要组织"剪衣队",而且"随时随地剪短市民的长衣",我们认为这个方法有再加考虑的必要。这个"剪衣队"

不知是如何组织的？还是动员全市的中西裁缝技师呢？抑是动员全市的军警？无论如何组织，在我们看来，都是很不经济的。再说，如果奉命见"长"就须剪短，那么穿在短装外面的长大衣是否也在被剪之列，如果不剪，则其长的程度又与中装的长不相上下，似乎仍然不合"剪裁"的原意。如果逢"长"就剪，则请想一想看，将令市民感到怎样的不安。

杨主席下车伊始，就注重改革陋习，兴利除弊，这是我们所佩服的。这一次又发表提倡短衣运动，我们也十二分地赞成。不过为了达到市民穿着短装的目的，而将使用"剪衣队"，似乎是在苛细上着眼，结果不免要扰民，这就窃为智者所不取了。

原载《中央日报·贵阳》，1945年3月9日。署名：谢六逸

人名索引

A·巴比塞 75/亨利·巴比塞

A·法朗士 75/阿纳托尔·法朗士（Anatole France）

Emerson 95/爱默生

W·G·Bleyer 33；布勒尔（W·G·Bleyer）67；布勒尔 68/布莱耶（Willard Grosvenor Bleyer）

巴金 314

巴士德 128、129、130/巴斯德

摆伦 267/拜伦

板桓 57/板垣退助

陂里 54、56；陂理（Commodone Perry）55、56/佩里将军

北岩爵士 325

彼得·台米耶尼兹基 156

伯夷 3、129

布哈林 75/尼古拉·伊万诺维奇·布哈林

蔡树堂 256

蔡元培 273、274

曹聚仁 176、309

曹雪芹 269、270

查利·米乞儿 318/查理·米切尔

柴霍甫 156、157/契诃夫

长谷川如是闲 153、156、157;万次郎 157;长谷川 158/长谷川如是闲

陈独秀 268、270、271、272、273

陈衡哲 272

陈子展 67、174、303、309

成仿吾 277、280

成舍我 300;舍我 300、301、302/成舍我

达尔文 156

大久保 57;大久保通利 59/大久保利通

德富苏峰 38

德田秋声 15

荻原朔太郎 109;萩原朔太郎 161/萩原朔太郎

貂斑华 202

东乡平八郎 144

樊克令 315

范孟博 298/范滂

菲尔摩 102/米勒德·菲尔莫尔

丰子恺 9

冯玉祥 256、257、311

佛立克 243/威廉·弗利克

弗劳贝尔 65/福楼拜

傅东华 292

傅斯年 273

高尔基 184

戈公振 67、70、71、72

戈林 243/赫尔曼·威廉·戈林

哥德 267/歌德

耿济之 306

谷崎润一郎 15、73

谷正伦 311

郭达特 320/默利尔·高德

郭沫若 65、67、279、280、307

郭培尔 243/保罗·约瑟夫·戈培尔

郭一岑 304

国木田独步 122、123

哈列斯((Townsend Harris) 56/汤森·哈里斯

哈台 113/奥利弗·哈迪

何国寿 207

赫斯特 319、320、322、323、324、325/威廉·伦道夫·赫斯特

黑丁 312/于黑丁

胡汉民 141

胡适 231、232、269、270、271、272、273

胡先啸 275

胡政之 329

蝴蝶 202/胡蝶

虎德 267/托马斯·胡德

黄秋岳 192/黄浚

黄叔度 298/黄宪

吉卜龄((Joseph Kipling) 310/约瑟夫·鲁德亚德·吉卜林

吉江乔松 231

家茂 57/德川家茂

家庆 56 德川家庆

江亢虎 99

蒋光赤 281/蒋光慈

芥川龙之介 1、15、38

井上 57/井上馨

菊池宽 15、153、155、158

卡尔·兰德新丁勒氏 245/卡尔·兰德斯坦纳

卡洛 320；卡维洛 320

康白情 272

赖纳 77/儒勒·列那尔

劳莱 113/斯坦·劳雷尔

黎烈文 175

李登辉 200

李公朴 238

李九龄 1、2

李烈钧 311

李石岑 304

李思伦 313

良宽 3、4、5、6

梁启超 268

梁士纯 68

林憾庐 312

林纾 268、273

林语堂 86、89、308、309、329

林子平 55

铃木三郎 131

刘半农 271

刘大白 268

刘复 272

泷田哲太郎 38

卢冀野 305

鲁登道夫 212;鲁屯道夫 198/埃里希·冯·鲁登道夫

鲁迅 129、173、183、184、187、231、232、253、254、267、272、275、283;周树人 268/鲁迅

罗家伦 272、273

罗利玛 325/乔治·洛里默

罗云祥 207

马继华 298;继华 297、298/马继华

马君武 267

马克唐纳德 263/麦克唐纳

马相伯 83

茅盾 67、253、275、283、306、307;沈雁冰 275、283、304/沈雁冰(茅盾)

梅光迪 275

莫利逊 264/马礼逊

木户 57/木户孝允

内山完造 155

内田百间 15/内田百闲

尼鲁(Nehru) 146/贾瓦哈拉尔·尼赫鲁

浦立斯彭(Arthur Brisbane) 14;亚搭尔·比利斯本 316、320、322、323、325/阿瑟·布里斯班

普家金(Poutiatine) 56/叶夫菲米·瓦西里耶维奇·普佳京

普尼兹 319、320、321、322、323、324/普利策

千叶龟雄 67、72

钱杏邨 281

钱玄同 271

秋瑾 308

扰本武杨 58

阮玲玉 202

三井 58

沙波勒 128

山口 313

山县 57/山县有朋

邵尔达格 318

沈兼士 272

沈钧儒 238

沈尹默 272

施耐庵 269

史良 239

叔齐 3

宋庆龄 253

宋哲元 251

苏曼殊 267、268

苏轼 129

孙膑 198

孙中山 223

唐弢 312

田村荣即 62/田村荣太郎

田中 313

佟麟阁 257

土屋乔雄 62

托尔斯泰 75、76

瓦尔特·维廉氏 67/沃尔特·威廉

王嫱 202/王昭君

王任叔 312

王寿昌 268

王韬 268

王研石 256

吴道存 310

吴宓 275

吴秋尘 302、303

伍光建 268

西华先生 105

西乡 57/西乡隆盛

希特拉 314;希特勒 228、243/阿道夫·希特勒

夏目漱石 184

小泉八云 117

谢无量 268

徐懋庸 312

徐蔚南 305

徐一夔 161

徐志摩 306

许广平 253

许杰 312

许钦文 312

亚丹(William Adams) 49/三浦按针(威廉·亚当斯)

亚尔塔 316；亚里斯多芬 218/阿里斯托芬

烟霞散人 117

严谔声 300；谔声 301、302、315/严谔声

严又陵 185/严复

叶圣陶 306

一桥庆喜 57；庆喜 57、58/德川庆喜

一穹 315

伊藤 57；伊藤博文 63/伊藤博文

殷逆汝耕 131/殷汝耕

永康 174

尤炳圻 172

有田八郎 309

俞平伯 272、273、306

羽山 313/羽山喜太郎

郁达夫 307

约翰·拉斯金 325

约翰·沙利 318/约翰·沙利文

曾宾谷 308/曾燠

翟世英 306

张岱 318

张道藩 329

张恨水 302、303

张营堂 313

张友鸾 302、303

张织云 202

张自忠 252

章炳麟 292/章太炎

章士钊 275

章锡琛 304

赵登禹 257

赵景深 309

郑振铎 33、302、304、305、306

志青 313

中西悟堂 152

周海戈 312；海戈 141、313/周海戈

周建人 253

周楞伽 174、312

周文 84、85/何谷天

周予同 306

周作人 268、272、273

朱一士（James Joyce）16/詹姆斯·乔伊斯

卓别林 328；卓别麟 113/查理·卓别林

邹敏初 244

佐藤春天 15/佐藤春夫